LE VOYAGE

DE

MONSIEUR PERRICHON

COMÉDIE EN QUATRE ACTES

PAR

MM. EUGÈNE LABICHE ET ÉDOUARD MARTIN

Représentée pour la première fois à Paris, sur le théâtre du Gymnase,
le 10 septembre 1860.

PARIS

LIBRAIRIE NOUVELLE

BOULEVARD DES ITALIENS, 15

—

A. BOURDILLIAT ET Cᵉ, ÉDITEURS

—

1860

LE VOYAGE

DE

MONSIEUR PERRICHON

COMÉDIE EN QUATRE ACTES

Représentée pour la première fois, à Paris, sur le théâtre du Gymnase,
le 10 septembre 1860.

Paris. — Imprim. de la Librairie Nouvelle, A. Bourdilliat, 15, rue Breda.

LE VOYAGE

DE

MONSIEUR PERRICHON

COMÉDIE EN QUATRE ACTES

PAR

MM. EUGÈNE LABICHE et ÉDOUARD MARTIN

PARIS

LIBRAIRIE NOUVELLE

BOULEVARD DES ITALIENS, 15

A. BOURDILLIAT ET Cᵉ, ÉDITEURS

Représentations, traduction et reproduction réservées.

1860

LE VOYAGE

DE

MONSIEUR PERRICHON

ACTE PREMIER

Une gare. Chemin de fer de Lyon, à Paris. — Au fond, barrière ouvrant sur les salles d'attente. Au fond, à droite, guichet pour les billets. Au fond, à gauche, bancs. A droite, marchande de gâteaux ; à gauche, marchande de livres.

SCÈNE PREMIÈRE

MAJORIN, UN EMPLOYÉ DU CHEMIN DE FER, VOYAGEURS COMMISSIONNAIRES.

MAJORIN, se promenant avec impatience.

Ce Perrichon n'arrive pas ! Voilà une heure que je l'attends.. C'est pourtant bien aujourd'hui qu'il doit partir pour la Suisse avec sa femme et sa fille... (Avec amertume.) Des carrossiers qui vont en Suisse ! Des carrossiers qui ont quarante mille livres de rentes ! Des carrossiers qui ont voiture ! Quel siècle ! Tandis que moi, je gagne deux mille quatre cents francs... un employé laborieux, intelligent, toujours courbé sur son bureau... Aujourd'hui, j'ai demandé un congé... j'ai dit que j'étais de garde... Il faut absolument que je voie Perrichon avant son départ... je veux le prier de m'avancer

1.

mon trimestre... six cents francs ! Il va prendre son air protecteur... faire l'important !... un carrossier ! ça fait pitié ! Il n'arrive toujours pas ! on dirait qu'il le fait exprès ! (S'adressant à un facteur qui passe suivi de voyageurs.) Monsieur... à quelle heure part le train direct pour Lyon ?...

LE FACTEUR, brusquement.

Demandez à l'employé. (Il sort par la gauche.)

MAJORIN.

Merci... manant ! (S'adressant à l'employé qui est près du guichet.) Monsieur, à quelle heure part le train direct pour Lyon ?...

L'EMPLOYÉ, brusquement.

Ça ne me regarde pas ! voyez l'affiche. (Il désigne une affiche à la cantonade à gauche.)

MAJORIN.

Merci... (A part.) Ils sont polis dans ces administrations ! Si jamais tu viens à mon bureau, toi !... Voyons l'affiche... (Il sort à gauche.)

SCÈNE II

**L'EMPLOYÉ, PERRICHON, MADAME PERRICHON,
HENRIETTE.** (Ils entrent de la droite.)

PERRICHON *.

Par ici !... ne nous quittons pas ! nous ne pourrions plus nous retrouver... Où sont nos bagages ?... (Regardant à droite ; à la cantonade.) Ah ! très-bien ! Qui est-ce qui a les parapluies ?...

HENRIETTE.

Moi, papa.

PERRICHON.

Et le sac de nuit ?... les manteaux ?...

---

* Henriette, Perrichon, madame Perrichon.

MADAME PERRICHON.

Les voici !

PERRICHON.

Et mon panama?... Il est resté dans le fiacre ! (Faisant un mouve-
mènt pour sortir et s'arrêtant.) Ah ! non ! je l'ai à la main ! .. Dieu,
que j'ai chaud !

MADAME PERRICHON.

C'est ta faute !... tu nous presses, tu nous bouscules !... je n'aime
pas à voyager comme ça !

PERRICHON.

C'est le départ qui est laborieux... une fois que nous serons ca-
sés !... Restez là, je vais prendre les billets... (Donnant son chapeau
à Henriette.) Tiens, garde-moi mon panama... (Au guichet.) Trois pre-
mières pour Lyon ?...

L'EMPLOYÉ, brusquement.

Ce n'est pas ouvert ! Dans un quart d'heure !

PERRICHON, à l'employé.

Ah ! pardon ! c'est la première fois que je voyage... (Revenant à sa
femme.) Nous sommes en avance.

MADAME PERRICHON.

Là ! quand je te disais que nous avions le temps... Tu ne nous as
pas laissé déjeuner !

PERRICHON.

Il vaut mieux être en avance !... on examine la gare ! (A Henriette.)
Eh bien ! petite fille, es-tu contente ?... Nous voilà partis !... encore
quelques minutes, et, rapides comme la flèche de Guillaume Tell,
nous nous élancerons vers les Alpes ! (A sa femme.) Tu as pris la
lorgnette ?

MADAME PERRICHON.

Mais, oui !

HENRIETTE, à son père.

Sans reproches, voilà au moins deux ans que tu nous promets ce
voyage.

PERRICHON.

Ma fille, il fallait que j'eusse vendu mon fonds... Un commerçant ne se retire pas aussi facilement des affaires qu'une petite fille de son pensionnat... D'ailleurs, j'attendais que ton éducation fût terminée pour la compléter en faisant rayonner devant toi le grand spectacle de la nature !

MADAME PERRICHON.

Ah çà ! est-ce que vous allez continuer comme ça ?...

PERRICHON.

Quoi ?...

MADAME PERRICHON.

Vous faites des phrases dans une gare !

PERRICHON.

Je ne fais pas de phrases... j'élève les idées de l'enfant. (Tirant de sa poche un petit carnet.) Tiens, ma fille, voici un carnet que j'ai acheté pour toi.

HENRIETTE.

Pourquoi faire ?...

PERRICHON.

Pour écrire d'un côté la dépense, et de l'autre les impressions.

HENRIETTE.

Quelles impressions ?...

PERRICHON.

Nos impressions de voyage ! Tu écriras, et moi je dicterai.

MADAME PERRICHON.

Comment ! vous allez vous faire auteur à présent ?

PERRICHON.

Il ne s'agit pas de me faire auteur... mais il me semble qu'un homme du monde peut avoir des pensées et les recueillir sur un carnet !

MADAME PERRICHON.

Ce sera bien joli !

PERRICHON, à part.

Elle est comme ça, chaque fois qu'elle n'a pas pris son café !

UN FACTEUR, poussant un petit chariot chargé de bagages.

Monsieur, voici vos bagages. Voulez-vous les faire enregistrer ?...

PERRICHON.

Certainement ! Mais avant, je vais les compter... parce que, quand on sait son compte... Un, deux, trois, quatre, cinq, six, ma femme, sept, ma fille, huit, et moi, neuf. Nous sommes neuf.

LE FACTEUR.

Enlevez !

PERRICHON, courant vers le fond.

Dépêchons-nous !

LE FACTEUR.

Pas par là, c'est par ici ! (Il indique la gauche.)

PERRICHON.

Ah ! très-bien ! (Aux femmes.) Attendez-moi là !... ne nous perdons pas ! (Il sort en courant, suivant le facteur.)

SCÈNE III.

MADAME PERRICHON, HENRIETTE, puis DANIEL.

HENRIETTE.

Pauvre père ! quelle peine il se donne !

MADAME PERRICHON.

Il est comme un ahuri !

DANIEL, entrant suivi d'un commissionnaire qui porte sa malle. *

Je ne sais pas encore où je vais, attendez ! (Apercevant Henriette.) C'est elle ! je ne me suis pas trompé ! (Il salue Henriette qui lui rend son salut.)

MADAME PERRICHON, à sa fille.

Quel est ce monsieur ?...

____

* Henriette, madame Perrichon, Daniel.

HENRIETTE.

C'est un jeune homme qui m'a fait danser la semaine dernière au bal du huitième arrondissement.

MADAME PERRICHON, vivement.

Un danseur! (Elle salue Daniel).

DANIEL.

Madame!... mademoiselle!... je bénis le hasard.... Ces dames vont partir?...

MADAME PERRICHON.

Oui, monsieur!

DANIEL.

Ces dames vont à Marseille, sans doute?...

MADAME PERRICHON

Non, monsieur.

DANIEL.

A Nice, peut-être?...

MADAME PERRICHON.

Non, monsieur!

DANIEL.

Pardon, madame... je croyais... si mes services..:

LE FACTEUR à Daniel.

Bourgeois! vous n'avez que le temps pour vos bagages.

DANIEL.

C'est juste! allons! (A part) J'aurais voulu savoir où elles vont... avant de prendre mon billet.... (Saluant) Madame .. mademoiselle.... (A part.) Elles partent, c'est le principal! (Il sort par la gauche.)

SCÈNE IV

MADAME PERRICHON, HENRIETTE, puis ARMAND.

MADAME PERRICHON.

Il est très-bien, ce jeune homme!

ARMAND, tenant un sac de nuit. *

Portez ma malle aux bagages... je vous rejoins ! (Apercevant Henriette.) C'est elle ! (Ils se saluent).

MADAME PERRICHON.

Quel est ce monsieur ?...

HENRIETTE.

·C'est encore un jeune homme qui m'a fait danser au bal du huitième arrondissement.

MADAME PERRICHON.

Ah çà ! ils se sont donc tous donné rendez-vous ici ?... n'importe, c'est un danseur ! (Saluant.) Monsieur...

ARMAND.

Madame .. mademoiselle... je bénis le hasard.... Ces dames vont partir ?

MADAME PERRICHON.

Oui, monsieur.

ARMAND.

Ces dames vont à Marseille, sans doute ?...

MADAME PERRICHON.

Non, monsieur.

ARMAND.

A Nice, peut-être ?...

MADAME PERRICHON, à part.

Tiens, comme l'autre ! (Haut.) Non monsieur !

ARMAND.

Pardon, madame, je croyais... si mes services...

MADAME PERRICHON, à part.

Après ça ! ils sont du même arrondissement.

ARMAND, à part.

Je ne suis pas plus avancé... je vais faire enregistrer ma malle... je reviendrai ! (Saluant.) Madame... mademoiselle...

* Armand, madame Perrichon, Henriette.

SCÈNE V

MADAME PERRICHON, HENRIETTE, MAJORIN,
puis PERRICHON.

MADAME PERRICHON.

Il est très-bien, ce jeune homme!... Mais que fait ton père? les jambes me rentrent dans le corps!

MAJORIN, entrant de la gauche. *

Je me suis trompé, ce train ne part que dans une heure!

HENRIETTE.

Tiens! monsieur Majorin!

MAJORIN, à part.

Enfin! les voici!

MADAME PERRICHON.

Vous! comment n'êtes-vous pas à votre bureau?...

MAJORIN.

J'ai demandé un congé, belle dame; je ne voulais pas vous laisser partir sans vous faire mes adieux!

MADAME PERRICHON.

Comment! c'est pour cela que vous êtes venu! ah! que c'est aimable!

MAJORIN.

Mais je ne vois pas Perrichon!

HENRIETTE.

Papa s'occupe des bagages.

PERRICHON, entrant en courant à la cantonade.

Les billets d'abord! très-bien!

MAJORIN. **

Ah! le voici! Bonjour cher ami!

* Majorin, madame Perrichon, Henriette.
** Henriette, madame Perrichon, Perrichon, Majorin.

PERRICHON, très-pressé.

Ah! c'est toi! tu es bien gentil d'être venu!... Pardon, il faut que je prenne mes billets! (Il le quitte.)

MAJORIN, à part.

Il est poli!

PERRICHON, à l'employé au guichet.

Monsieur, on ne veut pas enregistrer mes bagages avant que je n'aie pris mes billets?

L'EMPLOYÉ.

Ce n'est pas ouvert! attendez!

PERRICHON.

Attendez! et là-bas, ils m'ont dit : Dépêchez-vous! (S'essuyant le front.) Je suis en nage!

MADAME PERRICHON.

Et moi, je ne tiens plus sur mes jambes!

PERRICHON.

Eh bien, asseyez-vous! (Indiquant le fond à gauche.) Voilà des bancs... vous êtes bonnes de rester plantées là comme deux factionnaires.

MADAME PERRICHON.

C'est toi-même qui nous as dit : restez-là! tu n'en finis pas! tu es insupportable!

PERRICHON.

Voyons, Caroline!

MADAME PERRICHON.

Ton voyage! j'en ai déjà assez!

PERRICHON.

On voit bien que tu n'as pas pris ton café! Tiens, vas t'asseoir!

MADAME PERRICHON.

Oui! mais dépêche-toi! (Elle va s'asseoir avec Henriette.)

SCÈNE VI

PERRICHON, MAJORIN.

MAJORIN, à part.

Joli petit ménage !

PERRICHON, à Majorin.

C'est toujours comme ça quand elle n'a pas pris son café... Ce bon Majorin ! c'est bien gentil à toi d'être venu !

MAJORIN.

Oui, je voulais te parler d'une petite affaire.

PERRICHON, distrait.

Et mes bagages qui sont restés là-bas sur une table... Je suis inquiet ! (Haut.) Ce bon Majorin ! c'est bien gentil à toi d'être venu !... (A part.) Si j'y allais !...

MAJORIN.

J'ai un petit service à te demander.

PERRICHON.

A moi ?...

MAJORIN.

J'ai déménagé... et si tu voulais m'avancer un trimestre de mes appointements... six cents francs !

PERRICHON.

Comment ! ici ?...

MAJORIN.

Je crois t'avoir toujours rendu exactement l'argent que tu m'as prêté.

PERRICHON.

Il ne s'agit pas de ça !

MAJORIN.

Pardon ! je tiens à le constater... Je touche mon dividende des paquebots le huit du mois prochain ; j'ai douze actions .. et si tu n'as pas confiance en moi, je te remettrai les titres en garantie.

PERRICHON.

Allons donc ! es-tu bête !

MAJORIN, sèchement.

Merci !

PERRICHON.

Pourquoi diable aussi viens-tu me demander ça au moment où je
pars ?... j'ai pris juste l'argent nécessaire à mon voyage.

MAJORIN.

Après ça, si ça te gêne... n'en parlons plus. Je m'adresserai à des
usuriers qui me prendront cinq pour pour cent par an .. je n'en
mourrai pas !

PERRICHON, tirant son porte-feuille.

Voyons, ne te fâche pas !... tiens, les voilà tes six cents francs,
mais n'en parle pas à ma femme.

MAJORIN, prenant les billets.

Je comprends ! elle est si avare !

PERRICHON.

Comment ! avare ?..

MAJORIN.

Je veux dire qu'elle a de l'ordre !

PERRICHON.

Il faut ça, mon ami !.. il faut ça !

MAJORIN, sèchement.

Allons ! c'est six cents francs que je te dois... adieu ! (A part.) Que
d'histoires ! pour six-cents francs !.. et ça va en Suisse !.. Carrossier !.. (Il diparaît à droite.)

PERRICHON.

Eh bien ! il part ! il ne m'a seulement pas dit merci ! mais au
fond, je crois qu'il m'aime ! (Apercevant le guichet ouvert) Ah !
sapristi ! on distribue les billets !.. (Il se précipite vers la balustrade et
bouscule cinq à six personnes qui font la queue.)

UN VOYAGEUR.

Faites donc attention, monsieur !

L'EMPLOYÉ, à Perrichon.

Prenez votre tour, vous ! là-bas !

PERRICHON à part.

Et mes bagages !.. et ma femme !.. (Il se met à la queue.)

SCÈNE VII

LES MÊMES, LE COMMANDANT suivi de JOSEPH, qui porte sa valise.

LE COMMANDANT, *

Tu m'entends bien !

JOSEPH.

Oui, mon commandant.

LE COMMANDANT.

Et si elle demande où je suis ?.. quand je reviendrai ? tu répondras
que tu n'en sais rien... Je ne veux plus entendre parler d'elle.

JOSEPH.

Oui, mon commandant.

LE COMMANDANT.

Tu diras à Anita que tout est fini... bien fini...

JOSEPH.

Oui, mon commandant.

PERRICHON.

J'ai mes billets !.. vite ! à mes bagages ! Quel métier que d'aller à
Lyon ! (Il sort en courant.)

LE COMMANDANT.

Tu m'as bien compris ?

JOSEPH.

Sauf votre respect, mon commandant, c'est bien inutile de partir.

LE COMMANDANT.

Pourquoi ?..

* Le Commandant, Joseph.

JOSEPH.

Parce qu'à son retour, mon commandant reprendra mademoiselle Anita.

LE COMMANDANT.

Oh !

JOSEPH.

Alors, autant vaudrait ne pas la quitter ; les raccommodements coûtent toujours quelque chose à mon commandant.

LE COMMANDANT.

Ah ! cette fois, c'est sérieux ! Anita s'est rendue indigne de mon affection et des bontés que j'ai pour elle.

JOSEPH.

On peut dire qu'elle vous ruine, mon commandant. Il est encore venu un huissier ce matin... et les huissiers, c'est comme les vers... quand ça commence à se mettre quelque part....

LE COMMANDANT.

A mon retour, j'arrangerai toutes mes affaires... adieu !

JOSEPH.

Adieu, mon commandant.

LE COMMANDANT s'approche du guichet et revient. *

Ah ! tu m'écriras à Genève, poste restante,.. tu me donneras des nouvelles de ta santé...

JOSEPH, flatté.

Mon commandant est bien bon !

LE COMMANDANT.

Et puis, tu me diras si l'on a eu du chagrin en apprenant mon départ... si l'on a pleuré...

JOSEPH.

Qui ça, mon commandant ?..

LE COMMANDANT.

Eh parbleu ! elle ! Anita !

JOSEPH.

Vous la reprendrez, mon commandant !

* Joseph, le Commandant.

LE COMMANDANT.

Jamais !

JOSEPH.

Ça fera la huitième fois. Ça me fait de la peine de voir un brave homme comme vous, harcelé par des créanciers... et pour qui ? pour une....

LE COMMANDANT.

Allons, c'est bien ! donne-moi ma valise ? et écris-moi à Genève... demain ou ce soir ! bonjour !

JOSEPH.

Bon voyage, mon commandant ! (A part.) Il sera revenu avant huit jours ! O les femmes ! et les hommes !.. (Il sort. — Le Commandant va prendre son billet et entre dans la salle d'attente.)

SCÈNE VIII

MADAME PERRICHON, HENRIETTE, puis PERRICHON, UN FACTEUR.

MADAME PERRICHON, se levant avec sa fille.

Je suis lasse d'être assise !

PERRICHON, entrant en courant.

Enfin ! c'est fini ! j'ai mon bulletin ! je suis enregistré !

MADAME PERRICHON.

Ce n'est pas malheureux !

LE FACTEUR, poussant son chariot vide, à Perrichon.

Monsieur... n'oubliez pas le facteur, s'il vous plaît...

PERRICHON.

Ah ! oui.. Attendez... (Se concertant avec sa femme et sa fille.) Qu'est-ce qu'il faut lui donner à celui-là, dix sous ?...

MADAME PERRICHON.

Quinze.

* Henriette, Perrichon, madame Perrichon.

HENRIETTE.

Vingt.

PERRICHON.

Allons... va pour vingt sous ! (Les lui donnant) Tenez, mon garçon.

LE FACTEUR.

Merci, monsieur ! (Il sort.)

MADAME PERRICHON.

Entrons-nous ?

PERRICHON.

Un instant... Henriette, prends ton carnet et écris.

MADAME PERRICHON.

Déjà !

PERRICHON, dictant.

Dépenses : fiacre deux francs... chemin de fer, cent soixante-
douze francs cinq centimes... facteur, un franc.

HENRIETTE.

C'est fait !

PERRICHON.

Attends ! impression !

MADAME PERRICHON, à part.

Il est insupportable !

PERRICHON, dictant.

Adieu, France... reine des nations ! (S'interrompant) Eh bien ! et
mon panama?.. je l'aurai laissé aux bagages ! (Il veut courir.)

MADAME PERRICHON.

Mais non ! le voici !

PERRICHON.

Ah ! oui ! (Dictant) Adieu, France ! reine des nations ! (On entend la
cloche et l'on voit accourir plusieurs voyageurs.)

MADAME PERRICHON.

Le signal ! tu vas nous faire manquer le convoi !

PERRICHON.

Entrons, nous finirons cela plus tard ! (L'employé l'arrête à la barrière pour voir les billets. Perrichon querelle sa femme, et sa fille finit par
trouver les billets dans sa poche. Ils entrent dans la salle d'attente.)

SCÈNE IX

ARMAND, DANIEL puis PERRICHON.

(Daniel, qui vient de prendre son billet, est heurté par Armand qui veut prendre le sien.)

ARMAND. *

Prenez donc garde !

DANIEL.

Faites attention vous-même !

ARMAND.

Daniel !

DANIEL.

Armand !

ARMAND.

Vous partez ?..

DANIEL.

A l'instant ! et vous ?..

ARMAND.

Moi aussi !

DANIEL.

C'est charmant ! nous ferons route ensemble ! J'ai des cigares de première classe... et où allez-vous ?

ARMAND.

Ma foi, mon cher ami, je n'en sais rien encore.

DANIEL.

Tiens ! c'est bizarre ! ni moi non plus ! J'ai pris un billet jusqu'à Lyon.

ARMAND.

Vraiment ! moi aussi ! je me dispose à suivre une demoiselle charmante.

* Daniel, Armand.

DANIEL.

Tiens ! moi aussi.

ARMAND.

La fille d'un carrossier !

DANIEL.

Perrichon ?

ARMAND.

Perrichon !

DANIEL.

C'est la même!

ARMAND.

Mais je l'aime, mon cher Daniel.

DANIEL.

Je l'aime également, mon cher Armand.

ARMAND.

Je veux l'épouser !

DANIEL.

Moi, je veux la demander en mariage,.. ce qui est à peu près la même chose.

ARMAND,

Mais nous ne pouvons l'épouser tous les deux !

DANIEL.

En France, c'est défendu !

ARMAND.

Que faire?...

DANIEL.

C'est bien simple! puisque nous sommes sur le marchepied du wagon, continuons gaiement notre voyage... cherchons à plaire... à nous faire aimer, chacun de notre côté !

ARMAND, riant.

Alors, c'est un concours!... un tournoi?...

DANIEL.

Une lutte loyale... et amicale... Si vous êtes vainqueur... je m'inclinerai... si je l'emporte, vous ne me tiendrez pas rancune ! Est-ce dit ?

ARMAND.

Soit ! j'accepte.

DANIEL.

La main, avant la bataille ?

ARMAND.

Et la main après. (Ils se donnent la main.)

PERRICHON, entrant en courant, à la cantonade.

Je te dis que j'ai le temps !

DANIEL.

Tiens ! notre beau-père !

PERRICHON, à la marchande de livres.

Madame, je voudrais un livre pour ma femme et ma fille... un livre qui ne parle ni de galanterie, ni d'argent, ni de politique, ni de mariage, ni de mort.

DANIEL, à part.

Robinson Crusoé !

LA MARCHANDE.

Monsieur, j'ai votre affaire. (Elle lui remet un volume.)

PERRICHON, lisant.

Les Bords de la Saône : deux francs ! (Payant.) Vous me jurez qu'il n'y a pas de bêtises là-dedans ? (On entend la cloche). Ah diable ! Bonjour, madame. (Il sort en courant.)

ARMAND.

Suivons le ?

DANIEL.

Suivons ! C'est égal, je voudrais bien savoir où nous allons ?...
(On voit courir plusieurs voyageurs. — Tableau.)

* Perrichon, Daniel, Armand.

FIN DU PREMIER ACTE

ACTE DEUXIÈME

Un intérieur d'auberge au Montanvert, près de la mer de Glace. — Au
fond, à droite, porte d'entrée ; au fond, à gauche, fenêtre ; vue de
montagnes couvertes de neige ; à gauche, porte et cheminée haute. —
Table ; à droite, table où est le livre des voyageurs, et porte.

SCÈNE PREMIÈRE

ARMAND, DANIEL, L'AUBERGISTE, UN GUIDE. Daniel et
Armand sont assis à une table, et déjeunent.

L'AUBERGISTE. *
Ces messieurs prendront-ils autre chose?

DANIEL.
Tout à l'heure... du café...

ARMAND.
Faites manger le guide ; après nous partirons pour la mer de
Glace.

L'AUBERGISTE.
Venez, guide. (Il sort, suivi du guide, par la droite.)

DANIEL.
Eh bien! mon cher Armand?

ARMAND.
Eh bien! mon cher Daniel?

* Armand, Daniel, l'Aubergiste, le Guide.

DANIEL.

Les opérations sont engagées, nous avons commencé l'attaque.

ARMAND.

Notre premier soin a été de nous introduire dans le même wagon que la famille Perrichon ; le papa avait déjà mis sa calotte.

DANIEL.

Nous les avons bombardés de prévenances, de petits soins.

ARMAND.

Vous avez prêté votre journal à monsieur Perrichon, qui a dormi dessus... En échange, il vous a offert *les Bords de la Saône...* un livre avec des images.

DANIEL.

Et vous, à partir de Dijon, vous avez tenu un store dont la mécanique était dérangée ; ça a dû vous fatiguer.

ARMAND.

Oui, mais la maman m'a comblé de pastilles de chocolat.

DANIEL.

Gourmand !... vous vous êtes fait nourrir.

ARMAND.

A Lyon, nous descendons au même hôtel...

DANIEL.

Et le papa, en nous retrouvant, s'écrie : Ah ! quel heureux hasard !...

ARMAND.

A Genêve, même rencontre... imprévue...

DANIEL.

A Chamouny, même situation ; et le Perrichon de s'écrier toujours : Ah ! quel heureux hasard !

ARMAND.

Hier soir, vous apprenez que la famille se dispose à venir voir la mer de Glace, et vous venez me chercher dans ma chambre... dès l'aurore... c'est un trait de gentilhomme !

DANIEL.

C'est dans notre programme... lutte loyale!... Voulez-vous de l'omelette?

ARMAND.

Merci... Mon cher, je dois vous prévenir... loyalement, que de Châlon à Lyon, mademoiselle Perrichon m'a regardé trois fois.

DANIEL.

Et moi, quatre!

ARMAND.

Diable! c'est sérieux!

DANIEL.

Ça le sera bien davantage quand elle ne nous regardera plus... Je crois qu'en ce moment elle nous préfère tous les deux... ça peut durer longtemps comme ça; heureusement nous sommes gens de loisir.

ARMAND.

Ah çà! expliquez-moi comment vous avez pu vous éloigner de Paris, étant le gérant d'une société de paquebots?...

DANIEL.

Les Remorqueurs sur la Seine... capital social, deux millions. C'est bien simple; je me suis demandé un petit congé, et je n'ai pas hésité à me l'accorder... J'ai de bons employés; les paquebots vont tous seuls, et pourvu que je sois à Paris le huit du mois prochain pour le paiement du dividende... Ah çà! et vous?... un banquier... Il me semble que vous pérégrinez beaucoup?

ARMAND.

Oh! ma maison de banque ne m'occupe guère... J'ai associé mes capitaux en réservant la liberté de ma personne, je suis banquier...

DANIEL.

Amateur!

ARMAND.

Je n'ai, comme vous, affaire à Paris que vers le huit du mois prochain.

DANIEL.

Et d'ici-là nous allons nous faire une guerre à outrance...

ARMAND.

A outrance! comme deux bons amis... J'ai eu un moment la pensée de vous céder la place; mais j'aime sérieusement Henriette...

DANIEL.

C'est singulier... je voulais vous faire le même sacrifice... sans rire... A Châlon, j'avais envie de décamper, mais je l'ai regardée.

ARMAND.

Elle est si jolie!

DANIEL.

Si douce!

ARMAND.

Si blonde!

DANIEL.

Il n'y a presque plus de blondes; et des yeux!

ARMAND.

Comme nous les aimons.

DANIEL.

Alors je suis resté!

ARMAND.

Ah! je vous comprends!

DANIEL.

A la bonne heure! C'est un plaisir de vous avoir pour ennemi! (Lui serrant la main.) Cher Armand!

ARMAND, de même.

Bon Daniel! Ah çà! monsieur Perrichon n'arrive pas. Est-ce qu'il aurait changé son itinéraire? si nous allions les perdre?

DANIEL.

Diable! c'est qu'il est capricieux le bonhomme... Avant-hier il nous a envoyés nous promener à Ferney où nous comptions le retrouver...

ARMAND.

Et pendant ce temps, il était allé à Lauzanne.

DANIEL.

Eh bien, c'est drôle de voyager comme cela ! (Voyant Armand qui se lève.) Où allez-vous donc?

ARMAND.

Je ne tiens pas en place, j'ai envie d'aller au-devant de ces dames.

DANIEL.

Et le café?

ARMAND.

Je n'en prendrai pas... au revoir ! (Il sort vivement par le fond.)

SCÈNE II

DANIEL, puis L'AUBERGISTE, puis LE GUIDE.

DANIEL.

Quel excellent garçon! c'est tout cœur, tout feu... mais ça ne sait pas vivre, il est parti sans prendre son café ! (Appelant.) Holà !... monsieur l'aubergiste !

L'AUBERGISTE, paraissant.

Monsieur!

DANIEL.

Le café. (L'aubergiste sort. Daniel allume un cigare.) Hier, j'ai voulu faire fumer le beau-père... ça ne lui a pas réussi...

L'AUBERGISTE, apportant le café.

Monsieur est servi.

DANIEL, s'asseyant derrière la table, devant la cheminée et étendant
une jambe sur la chaise d'Armand.

Approchez cette chaise... très-bien... (Il a désigné une autre chaise, il y étend l'autre jambe.) Merci !... Ce pauvre Armand ! il court sur la grande route, lui, en plein soleil... et moi, je m'étends ! Qui arrivera le premier de nous deux? nous avons la fable du *Lièvre et de la Tortue*.

L'AUBERGISTE, lui présentant un registre.

Monsieur veut-il écrire quelque chose sur le livre des voya-geurs?

DANIEL.

Moi?... je n'écris jamais après mes repas, rarement avant... Voyons les pensées délicates et ingénieuses des visiteurs. (Il feuillète le livre, lisant.) « Je ne me suis jamais mouché si haut!... Signé : Un voyageur enrhumé... » (Il continue à feuilleter.) Oh! la belle écriture. (Lisant.) « Qu'il est beau d'admirer les splendeurs de la nature, entouré de sa femme et de sa nièce!... Signé : Malaquais, rentier... » Je me suis toujours demandé pourquoi les Français, si spirituels chez eux, sont si bêtes en voyage! (Cris et tumulte en dehors.)

L'AUBERGISTE.

Ah! mon Dieu!

DANIEL.

Qu'y a-t-il?

SCÈNE III

DANIEL, PERRICHON, ARMAND, MADAME PERRICHON, HENRIETTE, L'AUBERGISTE.

(Perrichon entre, soutenu par sa femme et le guide.)

ARMAND.

Vite, de l'eau! du sel! du vinaigre!

DANIEL. *

Qu'est-il donc arrivé?

HENRIÈTTE.

Mon père a manqué de se tuer!

DANIEL.

Est-il possible?

PERRICHON, assis.

Ma femme!... ma fille!... Ah! je me sens mieux!...

HENRIETTE, lui présentant un verre d'eau sucrée.

Tiens!... bois!... ça te remettra...

* Daniel, Henriette, Perrichon, madame Perrichon, Armand.

PERRICHON.

Merci... quelle culbute! (Il boit.)

MADAME PERRICHON.

C'est ta faute aussi... vouloir monter à cheval, un père de famille... et avec des éperons encore!

PERRICHON.

Les éperons n'y sont pour rien... c'est la bête qui est ombrageuse.

MADAME PERRICHON.

Tu l'auras piquée sans le vouloir; elle s'est cabrée...

HENRIETTE.

Et sans monsieur Armand qui venait d'arriver... mon père disparaissait dans un précipice...

MADAME PERRICHON.

Il y était déjà... je le voyais rouler comme une boule... nous poussions des cris!...

HENRIETTE.

Alors, monsieur s'est élancé!...

MADAME PERRICHON.

Avec un courage, un sang-froid!... Vous êtes notre sauveur... car sans vous mon mari... mon pauvre ami .. (Elle éclate en sanglots.)

ARMAND.

Il n'y a plus de danger... calmez-vous!

MADAME PERRICHON, pleurant toujours.

Non! ça me fait du bien! (A son mari.) Ça t'apprendra à mettre des éperons. (Sanglotant plus fort.) Tu n'aimes pas ta famille.

HENRIETTE, à Armand. *

Permettez-moi d'ajouter mes remerciments à ceux de ma mère, je garderai toute ma vie le souvenir de cette journée... toute ma vie!...

ARMAND.

Ah! mademoiselle!

* Daniel, Henriette, madame Perrichon, Perrichon, Armand.

PERRICHON, à part.

A mon tour! monsieur Armand!... non, laissez-moi vous appeler Armand?

ARMAND.

Comment donc!

PERRICHON.

Armand... donnez-moi la main... Je ne sais pas faire de phrase, moi... mais tant qu'il battra, vous aurez une place dans le cœur de Perrichon! (Lui serrant la main.) Je ne vous dis que cela!

MADAME PERRICHON.

Merci!... monsieur Armand!

HENRIETTE.

Merci, monsieur Armand!

ARMAND.

Mademoiselle Henriette!

DANIEL, à part.

Je commence à croire que j'ai eu tort de prendre mon café!

MADAME PERRICHON, à l'aubergiste.

Vous ferez reconduire le cheval, nous retournerons tous en voiture...

PERRICHON, se levant.

Mais je t'assure, ma chère amie, que je suis assez bon cavalier... (Poussant un cri.) Aïe!

TOUS.

Quoi?

PERRICHON.

Rien!... les reins! Vous ferez reconduire le cheval!

MADAME PERRICHON.

Viens te reposer un moment; au revoir, monsieur Armand!

HENRIETTE.

Au revoir, monsieur Armand!

PERRICHON, serrant énergiquement la main d'Armand.

A bientôt... Armand! (Poussant un second cri.) Aïe!... j'ai trop serré! (Il entre à gauche suivi de sa femme et de sa fille.)

SCÈNE IV

ARMAND, DANIEL.

ARMAND. *

Qu'est-ce que vous dites de cela, mon cher Daniel?

DANIEL.

Que voulez-vous? c'est de la veine!... vous sauvez le père, vous cultivez le précipice, ce n'était pas dans le programme!

ARMAND.

C'est bien le hasard...

DANIEL.

Le papa vous appelle Armand, la mère pleure et la fille vous décoche des phrases bien senties... empruntées aux plus belles pages de monsieur Bouilly... Je suis vaincu, c'est clair! et je n'ai plus qu'à vous céder la place...

ARMAND.

Allons donc ! vous plaisantez...

DANIEL.

Je plaisante si peu que, dès ce soir, je pars pour Paris...

ARMAND.

Comment?

DANIEL.

Où vous retrouverez un ami... qui vous souhaite bonne chance!

ARMAND.

Vous partez! ah! merci !

DANIEL.

Voilà un cri du cœur!

ARMAND.

Ah! pardon! je le retire !... après le sacrifice que vous me faites ..

* Armand, Daniel.

DANIEL.

Moi? entendons-nous bien... je ne vous fais pas le plus léger
sacrifice. Si je me retire, c'est que je ne crois avoir aucune chance
de réussir; car, maintenant encore, s'il s'en présentait une... même
petite, je resterais.

ARMAND.

Ah!

DANIEL.

Est-ce singulier! Depuis qu'Henriette m'échappe, il me semble que
je l'aime davantage.

ARMAND.

Je comprends cela... aussi, je ne vous demanderai pas le service
que je voulais vous demander...

DANIEL.

Quoi donc?

ARMAND.

Non, rien...

DANIEL.

Parlez... je vous en prie.

ARMAND.

J'avais songé... puisque vous partez, à vous prier de voir monsieur
Perrichon, de lui toucher quelques mots de ma position, de mes
espérances.

DANIEL.

Ah! diable!

ARMAND.

Je ne puis le faire moi-même... j'aurais l'air de réclamer le prix
du service que je viens de lui rendre.

DANIEL.

Enfin, vous me priez de faire la demande pour vous? Savez-vous
que c'est original ce que vous me demandez là.

ARMAND.

Vous refusez?...

DANIEL.

Ah ! Armand ! j'accepte !

ARMAND.

Mon ami !

DANIEL.

Avouez que je suis un bien bon petit rival, un rival qui fait la demande. (Voix de Perrichon dans la coulisse.) J'entends le beau-père ! Allez fumer un cigare et revenez !

ARMAND.

Vraiment ! je ne sais comment vous remercier...

DANIEL.

Soyez tranquille, je vais faire vibrer chez lui la corde de la reconnaissance. (Armand sort par le fond.)

SCÈNE V

DANIEL, PERRICHON, puis L'AUBERGISTE.

PERRICHON, entrant et parlant à la cantonade. *

Mais certainement il m'a sauvé ! certainement il m'a sauvé, et, tant qu'il battra, le cœur de Perrichon... je lui ai dit...

DANIEL.

Eh bien ! monsieur Perrichon... vous sentez-vous mieux ?

PERRICHON.

Ah ! je suis tout à fait remis... je viens de boire trois gouttes de rhum dans un verre d'eau, et dans un quart d'heure, je compte gambader sur la mer de Glace. Tiens, votre ami n'est plus là ?

DANIEL.

Il vient de sortir.

PERRICHON.

C'est un brave jeune homme !... ces dames l'aiment beaucoup.

* Perrichon, Daniel.

DANIEL.

Oh ! quand elle le connaîtront davantage !... un cœur d'or ! obligeant, dévoué, et d'une modestie !

PERRICHON.

Oh! c'est rare.

DANIEL.

Et puis il est banquier... c'est un banquier !...

PERRICHON.

Ah !

DANIEL.

Associé de la maison Turneps, Desroches et Ce, dites donc. C'est assez flatteur d'être repêché par un banquier... car, enfin, il vous a sauvé !... Hein ?... sans lui !...

PERRICHON.

Certainement... certainement. C'est très-gentil ce qu'il a fait là !

DANIEL, étonné.

Comment, gentil !

PERRICHON.

Est-ce que vous allez vouloir atténuer le mérite de son action ?

DANIEL.

Par exemple !

PERRICHON.

Ma reconnaissance ne finira qu'avec ma vie... çà !... tant que le cœur de Perrichon battra. Mais, entre nous, le service qu'il m'a rendu n'est pas aussi grand que ma femme et ma fille veulent bien le dire.

DANIEL, étonné.

Ah ! bah ?

PERRICHON.

Oui. Elles se montent la tête. Mais, vous savez, les femmes !...

DANIEL.

Cependant, quand Armand vous a arrêté, vous rouliez...

PERRICHON.

Je roulais, c'est vrai... mais avec une présence d'esprit étonnante... J'avais aperçu un petit sapin après lequel j'allais me cramponner ; je le tenais déjà quand votre ami est arrivé.

DANIEL, à part.

Tiens, tiens ! vous allez voir qu'il s'est sauvé tout seul.

PERRICHON.

Au reste, je ne lui sais pas moins gré de sa bonne intention... Je compte le revoir... lui réitérer mes remercîments... je l'inviterai même cet hiver.

DANIEL, à part.

Une tasse de thé !

PERRICHON.

Il paraît que ce n'est pas la première fois qu'un pareil accident arrive à cet endroit-là... c'est un mauvais pas... L'aubergiste vient de me raconter que, l'an dernier, un Russe... un prince... très-bon cavalier !... car ma femme a beau dire, ça ne tient pas à mes éperons ! avait roulé dans le même trou.

DANIEL.

En vérité ?

PERRICHON.

Son guide l'a retiré... Vous voyez qu'on s'en retire parfaitement... Eh bien ! le Russe lui a donné cent francs !

DANIEL.

C'est très-bien payé !

PERRICHON.

Je le crois bien !... Pourtant c'est ce que ça vaut !...

DANIEL.

Pas un sou de plus. (A part.) Oh ! mais je ne pars pas.

PERRICHON, remontant.

Ah çà ! ce guide n'arrive pas.

DANIEL. *

Est-ce que ces dames sont prêtes?

PERRICHON.

Non... elles ne viendront pas : vous comprenez? mais je compte sur vous...

DANIEL.

Et sur Armand?

PERRICHON.

S'il veut être des nôtres, je ne refuserai certainement pas la compagnie de M. Desroches.

DANIEL, à part.

M. Desroches ! Encore un peu il va le prendre en grippe !

L'AUBERGISTE, entrant de la droite.

Monsieur !...

PERRICHON.

Eh bien ! ce guide?

L'AUBERGISTE.

Il est à la porte... Voici vos chaussons.

PERRICHON.

Ah ! oui ! il paraît qu'on glisse dans les crevasses là-bas... et comme je ne veux avoir d'obligation à personne...

L'AUBERGISTE, lui présentant le registre.

Monsieur écrit-il sur le livre des voyageurs?

PERRICHON.

Certainement... mais je ne voudrais pas écrire quelque chose d'ordinaire... il me faudrait là... une pensée !... une jolie pensée... (Rendant le livre à l'aubergiste.) Je vais y rêver en mettant mes chaussons. (A Daniel.) Je suis à vous dans la minute. (Il entre à droite, suivi de l'aubergiste.)

* Daniel, Perrichon

SCÈNE VI

DANIEL, puis ARMAND.

DANIEL, seul.

Ce carrossier est un trésor d'ingratitude. Or, les trésors appartiennent à ceux qui les trouvent, article 716 du Code civil...

ARMAND, paraissant à la porte du fond.

Eh bien ?

DANIEL, à part. *

Pauvre garçon !

ARMAND.

L'avez-vous vu ?

DANIEL.

Oui.

ARMAND.

Lui avez-vous parlé ?

DANIEL.

Je lui ai parlé.

ARMAND.

Alors vous avez fait ma demande?...

DANIEL.

Non.

ARMAND.

Tiens ! pourquoi ?

DANIEL.

Nous nous sommes promis d'être francs vis-à-vis l'un de l'autre... Eh bien ! mon cher Armand, je ne pars plus, je continue la lutte.

ARMAND, étonné.

Ah ! c'est différent !... et peut-on vous demander les motifs qui ont changé votre détermination ?

* Daniel, Armand.

DANIEL.

Les motifs... j'en ai un puissant... je crois réussir.

ARMAND.

Vous?

DANIEL.

Je compte prendre un autre chemin que le vôtre et arriver plus vite.

ARMAND.

C'est très-bien... vous êtes dans votre droit...

DANIEL.

Mais la lutte n'en continuera pas moins loyale et amicale ?

ARMAND.

Oui.

DANIEL.

Voilà un oui un peu sec !

ARMAND.

Pardon... (Lui tendant la main.) Daniel, je vous le promets.

DANIEL.

A la bonne heure ! (Il remonte.)

SCÈNE VII

LES MÊMES, PERRICHON, puis L'AUBERGISTE.

PERRICHON.

Je suis prêt... j'ai mis mes chaussons... Ah ! monsieur Armand.

ARMAND.

Vous sentez vous remis de votre chute ?

PERRICHON.

Tout à fait ! ne parlons plus de ce petit accident... c'est oublié !

* Armand, Perrichon, Daniel.

DANIEL, à part.

Oublié ! Il est plus vrai que la nature...

PERRICHON.

Nous parlons pour la mer de Glace... êtes-vous des nôtres ?

ARMAND.

Je suis un peu fatigué... je vous demanderai la permission de
rester...

PERRICHON, avec empressement.

Très-volontiers ! ne vous gênez pas ! (A l'aubergiste qui entre) Ah !
monsieur l'aubergiste, donnez-moi le livre des voyageurs. (Il s'assied
à droite et écrit.)

DANIEL, à part.

Il paraît qu'il a trouvé sa pensée... la jolie pensée.

PERRICHON, achevant d'écrire.

Là.. voilà ce que c'est ! (Lisant avec emphase) « Que l'homme est
» petit quand on le comtemple au haut de la *mère* de Glace ! »

DANIEL.

Sapristi ! c'est fort !

ARMAND, à part.

Courtisan !

PERRICHON, modestement.

Ce n'est pas l'idée de tout le monde.

DANIEL, à part.

Ni l'orthographe : il a écrit *mère, r e re !*

PERRICHON, à l'aubergiste lui montrant le livre ouvert sur la table.
Prenez garde ! c'est frais !

L'AUBERGISTE.

Le guide attend ces messieurs avec les bâtons ferrés.

PERRICHON.

Allons ! en route !

* Armand, Daniel, Perrichon.

DANIEL.

En route ! (Daniel et Perrichon sortent suivis de l'aubergiste ?)

SCÈNE VIII

ARMAND, puis L'AUBERGISTE et LE COMMANDANT MATHIEU.

ARMAND.

Quel singulier revirement chez Daniel ! Ces dames sont là... elles ne peuvent tarder à sortir, je veux les voir... leur parler... (S'asseyant vers la cheminée et prenant un journal) Je vais les attendre.

L'AUBERGISTE, à la cantonade.

Par ici, monsieur...

LE COMMANDANT, entrant. *

Je ne reste qu'une minute... je repars à l'instant pour la mer de Glace... (S'asseyant devant la table sur laquelle est resté le registre ouvert.) Faites-moi servir un grog au kirsch, je vous prie.

L'AUBERGISTE, sortant à droite.

Tout de suite, monsieur.

LE COMMANDANT, apercevant le registre.

Ah ! ah ! le livre des voyageurs ! voyons?... (Lisant) « Que l'homme est petit quand on le contemple du haut de la *mère* de Glace !... » signé Perrichon... *mère !* Voilà un monsieur qui mérite une leçon d'orthographe.

L'AUBERGISTE, apportant le grog.

Voici monsieur. (Il le pose sur la table à gauche.)

LE COMMANDANT, tout en écrivant sur le registre.

Ah ! monsieur l'Aubergiste...

L'AUBERGISTE.

Monsieur.

* Armand, le Commandant.

LE COMMANDANT.

Vous n'auriez pas parmi les personnes qui sont venues chez vous ce matin un voyageur du nom d'Armand Desroches ?

ARMAND.

Hein ?.. c'est moi monsieur.

LE COMMANDANT, se levant.

Vous, monsieur !.. pardon ; (A l'aubergiste.) Laissez-nous (l'aubergiste sort.) C'est bien à monsieur Armand Desroches de la maison Turneps, Desroches et Cᵉ que j'ai l'honneur de parler ?

ARMAND.

Oui, monsieur...

LE COMMANDANT.

Je suis le commandant Mathieu. (Il s'assied à gauche et prend son grog.)

ARMAND.

Ah ! enchanté !.. mais je ne crois pas avoir l'avantage de vous connaître, commandant.

LE COMMANDANT.

Vraiment ? Alors je vous apprendrai que vous me poursuivez à outrance pour une lettre de change que j'ai eu l'imprudence de mettre dans la circulation...

ARMAND.

Une lettre de change !

LE COMMANDANT.

Vous avez même obtenu contre moi une prise de corps.

ARMAND.

C'est possible, commandant, mais ce n'est pas moi, c'est la maison qui agit.

LE COMMANDANT.

Aussi n'ai-je aucun ressentiment contre vous... ni contre votre maison... seulement, je tenais à vous dire que je n'avais pas quitté Paris pour échapper aux poursuites.

ARMAND.

Je n'en doute pas.

LE COMMANDANT.

Au contraire !.. Dès que je serai de retour à Paris, dans une quinzaine, avant peut-être... je vous le ferai savoir et je vous serai infiniment obligé de me faire mettre à Clichy... le plus tôt possible?...

ARMAND.

Vous plaisantez, commandant...

LE COMMANDANT.

Pas le moins du monde !.. Je vous demande cela comme un service....

ARMAND.

J'avoue que je ne comprends pas...

LE COMMANDANT; ils se lèvent.

Mon Dieu ! je suis moi-même un peu embarrassé pour vous expliquer... Pardon, êtes-vous garçon ?

ARMAND.

Oui, commandant.

LE COMMANDANT.

Oh! alors ! je puis vous faire ma confession... J'ai le malheur d'avoir une faiblesse... J'aime.

ARMAND.

Vous ?

LE COMMANDANT.

C'est bien ridicule à mon âge, n'est-ce pas ?

ARMAND.

Je ne dis pas ça.

LE COMMANDANT.

Oh! ne vous gênez pas ! Je me suis affolé d'une petite... égarée que j'ai rencontrée un soir au bal Mabille... Elle se nomme Anita...

ARMAND

Anita ! J'en ai connu une.

LE COMMANDANT.

Ce doit être celle-là !... Je comptais m'en amuser trois jours, et voilà trois ans qu'elle me tient ! Elle me trompe, elle me ruine, elle me rit au nez !... Je passe ma vie à lui acheter des mobiliers... qu'elle revend le lendemain !... je veux la quitter, je pars, je fais deux cents lieues ; j'arrive à la mer de Glace... et je ne suis pas sûr de ne pas retourner ce soir à Paris... C'est plus fort que moi !... L'amour à cinquante ans... voyez-vous... c'est comme un rhumatisme, rien ne le guérit.

ARMAND, riant.

Commandant, je n'avais pas besoin de cette confidence pour arrêter les poursuites... je vais écrire immédiatement à Paris...

LE COMMANDANT, vivement.

Mais du tout ! n'écrivez pas ! Je tiens à être enfermé ; c'est peut-être un moyen de guérison. Je n'en ai pas encore essayé.

ARMAND.

Mais, cependant.

LE COMMANDANT.

Permettez ! j'ai la loi pour moi.

ARMAND.

Allons ! commandant ! puisque vous le voulez.

LE COMMANDANT.

Je vous en prie... instamment... Dès que je serai de retour... je vous ferai passer ma carte et vous pourrez faire instrumenter... Je ne sors jamais avant dix heures. (Saluant.) Monsieur, je suis bien heureux d'avoir eu l'honneur de faire votre connaissance.

ARMAND.

Mais c'est moi, commandant... (Ils se saluent. Le commandant sort par le fond.)

SCÈNE IX

ARMAND, puis **MADAME PERRICHON**, puis **HENRIETTE**.

ARMAND.

A la bonne heure! il n'est pas banal celui-là! (Apercevant madame Perrichon qui entre de la gauche.) Ah! madame Perrichon!

MADAME PERRICHON.

Comment! vous êtes seul, monsieur? Je croyais que vous deviez accompagner ces messieurs.

ARMAND.

Je suis déjà venu ici l'année dernière, et j'ai demandé à monsieur Perrichon la permission de me mettre à vos ordres.

MADAME PERRICHON.

Ah! monsieur. (A part.) C'est tout à fait un homme du monde!... (Haut.) Vous aimez beaucoup la Suisse?

ARMAND.

Oh! il faut bien aller quelque part?

MADAME PERRICHON.

Oh! moi, je ne voudrais pas habiter ce pays-là... il y a trop de précipices et de montagnes... Ma famille est de la Beauce.

ARMAND.

Ah! je comprends.

MADAME PERRICHON.

Près d'Étampes...

ARMAND, à part.

Nous devons avoir un correspondant à Étampes; ce serait un lien. (Haut.) Vous ne connaissez pas monsieur Pingley, à Étampes?

Madame Perrichon, Armand.

MADAME PERRICHON.

Pingley!... c'est mon cousin! Vous le connaissez?

ARMAND.

Beaucoup. (A part.) Je ne l'ai jamais vu!

MADAME PERRICHON.

Quel homme charmant!

ARMAND.

Ah! oui!

MADAME PERRICHON.

C'est un bien grand malheur qu'il ait son infirmité!

ARMAND.

Certainement,.. c'est un bien grand malheur!

MADAME PERRICHON.

Sourd à quarante-sept ans!

ARMAND, à part.

Tiens! il est sourd notre correspondant! C'est donc pour ça qu'il ne répond jamais à nos lettres.

MADAME PERRICHON.

Est-ce singulier? c'est un ami de Pingley qui sauve mon mari!... Il y a de bien grands hasards dans le monde.

ARMAND.

Souvent aussi on attribue au hasard des péripéties dont il est parfaitement innocent.

MADAME PERRICHON.

Ah! oui... souvent aussi on attribue. (A part.) Qu'est-ce qu'il veut dire?

ARMAND.

Ainsi, madame, notre rencontre en chemin de fer, puis à Lyon, puis à Genève, à Chamouny, ici même, vous mettez tout cela sur le compte du hasard?

MADAME PERRICHON.

En voyage, on se retrouve...

ARMAND.

Certainement... surtout quand on se cherche.

MADAME PERRICHON.

Comment ?

ARMAND.

Oui, madame, il ne m'est pas permis de jouer plus longtemps la comédie du hasard ; je vous dois la vérité, pour vous, pour mademoiselle votre fille.

MADAME PERRICHON.

Ma fille !

ARMAND.

Me pardonnerez-vous ? Le jour où je la vis, j'ai été touché, charmé... J'ai appris que vous partiez pour la Suisse... et je suis parti.

MADAME PERRICHON.

Mais alors, vous nous suivez ?...

ARMAND.

Pas à pas... Que voulez-vous... j'aime...

MADAME PERRICHON.

Monsieur !

ARMAND.

Oh ! rassurez-vous ! j'aime avec tout le respect, toute la discrétion qu'on doit à une jeune fille dont on serait heureux de faire sa femme.

MADAME PERRICHON, perdant la tête, à part.

Une demande en mariage ! Et Perrichon qui n'est pas là ! (haut.) Certainement, monsieur... je suis charmée... non, flattée !... parce que vos manières... votre éducation... l'Ingley... le service que vous nous avez rendu... mais monsieur Perrichon est sorti... pour la mer de Glace... et aussitôt qu'il rentrera.

HENRIETTE, entrant vivement.

Maman !... (s'arrêtant.) Ah ! tu causais avec monsieur Armand ?

MADAME PERRICHON, troublée. *

Nous causions, c'est-à-dire, oui! nous parlions de Pingley! Monsieur connaît Pingley; n'est-ce pas?

ARMAND.

Certainement! je connais Pingley!

HENRIETTE.

Oh! quel bonheur!

MADAME PERRICHON, à Henriette.

Ah! comme tu es coiffée!... et ta robe! ton col. (Bas). Tiens-toi donc droite!

HENRIETTE, étonnée.

Qu'est-ce qu'il y a? (Cris et tumulte au dehors.)

MADAME PERRICHON et HENRIETTE.

Ah! mon Dieu!

ARMAND.

Ces cris!...

SCÈNE X

LES MÊMES, PERRICHON, DANIEL, LE GUIDE, L'AUBERGISTE.
(Daniel entre soutenu par l'aubergiste et par le guide.)

PERRICHON, très-ému.

Vite! de l'eau! du sel! du vinaigre! (Il fait asseoir Daniel.)

TOUS.

Qu'y a-t-il?

PERRICHON. **

Un événement affreux! (S'interrompant). Faites-le boire, frottez-lui les tempes!

* Henriette, madame Perrichon, Armand.
** Henriette, Perrichon, madame Perrichon; Daniel, Armand.

DANIEL.

Merci... Je me sens mieux.

ARMAND.

Qu'est-il arrivé?...

DANIEL.

Sans le courage de monsieur Perrichon...

PERRICHON, vivement.

Non, pas vous! ne parlez pas!... (Racontant.) C'est horrible!... Nous étions sur la mer de Glace... Le mont Blanc nous regardait tranquille et majestueux...

DANIEL, à part.

Le récit de Théramène!

MADAME PERRICHON.

Mais dépêche-toi donc!

HENRIETTE.

Mon père !

PERRICHON.

Un instant, que diable! Depuis cinq minutes nous suivions, tout pensifs, un sentier abrupte qui serpentait entre deux crevasses... de glace! Je marchais le premier.

MADAME PERRICHON.

Quelle imprudence !

PERRICHON.

Tout à coup, j'entends derrière moi comme un éboulement ; je me retourne : monsieur venait de disparaître dans un de ces abîmes sans fond, dont la vue seule fait frissonner...

MADAME PERRICHON, impatientée.

Mon ami.

PERRICHON.

Alors, n'écoutant que mon courage, moi, père de famille, je m'élance...

MADAME PERRICHON et **HENRIETTE**.

Ciel!

PERRICHON.

Sur le bord du précipice, je lui tends mon bâton ferré... Il s'y cramponne. Je tire... il tire... nous tirons, et, après une lutte insensée, je l'arrache au néant et je le ramène à la face du soleil, notre père à tous!... (Il s'essuie le front avec son mouchoir.)

HENRIETTE.

Oh! papa!

MADAME PERRICHON.

Mon ami!

PERRICHON, embrassant sa femme et sa fille.

Oui, mes enfants, c'est une belle page...

ARMAND, à Daniel.

Comment vous trouvez-vous?

DANIEL, bas.

Très-bien! ne vous inquiétez pas! (Il se lève). Monsieur Perrichon, vous venez de rendre un fils à sa mère...

PERRICHON, majestueusement.

C'est vrai!

DANIEL.

Un frère à sa sœur!

PERRICHON.

Et un homme à la société.

DANIEL.

Les paroles sont impuissantes pour reconnaître un tel service.

PERRICHON.

C'est vrai!

DANIEL..

Il n'y a que le cœur... entendez-vous, le cœur!

PERRICHON.

Monsieur Daniel! Non! laissez-moi vous appeler Daniel?

DANIEL.

Comment donc! (A part) Chacun son tour!

PERRICHON, ému.

Daniel, mon ami, mon enfant!... votre main. (Il lui prend la main.) Je vous dois les plus douces émotions de ma vie... Sans moi, vous ne seriez qu'une masse informe et repoussante, ensevelie sous les frimats... Vous me devez tout, tout! (Avec noblesse.) Je ne l'oublierai jamais!

DANIEL.

Ni moi!

PERRICHON, à Armand, en s'essuyant les yeux. *

Ah! jeune homme!... vous ne savez pas le plaisir qu'on éprouve à sauver son semblable.

HENRIETTE.

Mais, papa, monsieur le sait bien, puisque tantôt...

PERRICHON, se rappelant.

Ah! oui! c'est juste! Monsieur l'aubergiste, apportez-moi le livre des voyageurs.

MADAME PERRICHON.

Pourquoi faire?

PERRICHON.

Avant de quitter ces lieux, je désire consacrer par une note le souvenir de cet événement!

L'AUBERGISTE, apportant le registre.

Voilà, monsieur.

PERRICHON.

Merci... Tiens, qui est-ce qui a écrit ça?

TOUS.

Quoi donc?

PERRICHON, lisant.

« Je ferai observer à monsieur Perrichon que la mer de Glace

* Daniel, Henriette, madame Perrichon, Perrichon, Armand.

n'ayant pas d'enfants, l'E qu'il lui attribue devient un dévergondage grammatical. Signé : le Commandant. »

TOUS.

Hein?

HENRIETTE, bas à son père.

Oui, papa! mer ne prend pas d'E à la fin.

PERRICHON.

Je le savais! Je vais lui répondre à ce monsieur. (Il prend une plume et écrit.) « Le commandant est... un paltoquet! Signé : Perrichon. »

LE GUIDE, rentrant.

La voiture est là.

PERRICHON.

Allons ! Dépêchons-nous. (Aux jeunes gens.) Messieurs, si vous voulez accepter une place ? (Armand et Daniel s'inclinent.)

MADAME PERRICHON, appelant son mari.

Perrichon, aide-moi à mettre mon manteau. (Bas.) On vient de me demander notre fille en mariage...

PERRICHON.

Tiens ! à moi aussi !

MADAME PERRICHON.

C'est monsieur Armand.

PERRICHON.

Moi, c'est Daniel.. mon ami Daniel.

MADAME PERRICHON.

Mais il me semble que l'autre...

PERRICHON.

Nous parlerons de cela plus tard...

HENRIETTE, à la fenêtre.

Ah! il pleut à verse!

* Daniel et Henriette au fond, madame Perrichon, Perrichon, l'Aubergiste, Armand.

PERRICHON.

Ah diable ! (A l'aubergiste.) Combien tient-on dans votre voiture !

L'AUBERGISTE.

Quatre dans l'intérieur et un à côté du cocher...

PERRICHON.

C'est juste le compte.

ARMAND.

Ne vous gênez pas pour moi.

PERRICHON.

Daniel montera avec nous.

HENRIETTE, bas à son père.

Et monsieur Armand?

PERRICHON, bas.

Dame ! il n'y a que quatre places! il montera sur le siége.

HENRIETTE.

Par une pluie pareille?

MADAME PERRICHON.

Un homme qui t'a sauvé !

PERRICHON.

Je lui prêterai mon caoutchouc !

HENRIETTE.

Ah !

PERRICHON.

Allons! en route! en route !

DANIEL, à part.

Je savais bien que je reprendrais la corde!

* Daniel, madame Perrichon, Perrichon, Henriette, Armand.

FIN DU DEUXIÈME ACTE

ACTE TROISIÈME

Un salon chez Perrichon, à Paris. — Cheminée au fond ; porte d'entrée
dans l'angle à gauche ; appartement dans l'angle à droite ; salle à
manger à gauche ; au milieu, guéridon avec tapis ; canapé à droite du
guéridon.

SCÈNE PREMIÈRE

JEAN, seul, achevant d'essuyer un fauteuil.

Midi moins un quart... C'est aujourd'hui que monsieur Perrichon
revient de voyage avec madame et mademoiselle... J'ai reçu hier une
lettre de monsieur... la voilà. (Lisant.) « Grenoble, 5 juillet. Nous ar-
riverons mercredi, 7 juillet, à midi. Jean nettoiera l'appartement et
fera poser les rideaux. » (Parlé.) C'est fait (Lisant.) « Il dira à Marguerite, la cuisinière, de nous préparer le dîner. Elle mettra le pot
au feu... un morceau pas trop gras... de plus, comme il y a longtemps que nous n'avons mangé de poisson de mer, elle nous achètera
une petite barbue bien fraîche... Si la barbue était trop chère, elle
la remplacerait par un morceau de veau à la casserole. » (Parlé.)
Monsieur peut arriver... tout est prêt... Voilà ses journaux, ses
lettres, ses cartes de visite... Ah ! par exemple, il est venu ce matin
de bonne heure un monsieur que je ne connais pas .. il m'a dit qu'il
s'appelait le Commandant... Il doit repasser. (Coup de sonnette à la
porte extérieure.) On sonne !.. c'est monsieur... je reconnais sa
main !...

5.

SCÈNE II

JEAN, PERRICHON, MADAME PERRICHON, HENRIETTE. ils portent des sacs de nuit et des cartons.

PERRICHON.

Jean... c'est nous !

JEAN.

Ah! monsieur!... madame... mademoiselle!... (Il les débarrasse de leurs paquets.)

PERRICHON. *

Ah! qu'il est doux de rentrer chez soi, de voir ses meubles, de s'y asseoir. (Il s'assoit sur le canapé.)

MADAME PERRICHON, assise à gauche.

Nous devrions être de retour depuis huit jours...

PERRICHON.

Nous ne pouvions passer à Grenoble sans aller voir les Darinel... ils nous ont retenus... (A Jean.) Est-il venu quelque chose pour mo en mon absence ?

JEAN.

Oui, monsieur... tout est là sur la table.

PERRICHON, prenant plusieurs cartes de visite.

Que de visites ! (Lisant.) Armand Desroches...

HENRIETTE, avec joie.

Ah !

PERRICHON.

Daniel Savary... brave jeune homme !... Armand Desroches... Daniel Savary... charmant jeune homme... Armand Desroches.

JEAN.

Ces messieurs sont venus tous les jours s'informer de votre retour.

____

* Henriette, madame Perrichon, Jean, Perrichon.

MADAME PERRICHON.

Tu leur dois une visite.

PERRICHON.

Certainement j'irai le voir... ce brave Daniel !

HENRIETTE.

Et monsieur Armand?

PERRICHON.

J'irai le voir aussi... après. (Il se lève.)

HENRIETTE à Jean.

Aidez-moi à porter ces cartons dans la chambre.

JEAN.

Oui, mademoiselle. (Regardant Perrichon.) Je trouve monsieur engraissé. On voit qu'il a fait un bon voyage.

PERRICHON.

Splendide, mon ami, splendide ! Ah ! tu ne sais pas? J'ai sauvé un homme !

JEAN, incrédule.

Monsieur?... Allons donc !... (Il sort avec Henriette par la droite.)

SCÈNE III

PERRICHON, MADAME PERRICHON. *

PERRICHON.

Comment ! Allons donc !... Est-il bête, cet animal-là !

MADAME PERRICHON.

Maintenant que nous voilà de retour, j'espère que tu vas prendre un parti... Nous ne pouvons tarder plus longtemps à rendre réponse à ces deux jeunes gens... deux prétendus dans la maison... c'est trop !...

* Madame Perrichon, Perrichon.

PERRICHON.

Moi, je n'ai pas changé d'avis... j'aime mieux Daniel !

MADAME PERRICHON.

Pourquoi ?

PERRICHON.

Je ne sais pas... je le trouve plus... enfin, il me plaît, ce jeune homme !

MADAME PERRICHON.

Mais l'autre... l'autre t'a sauvé !

PERRICHON.

Il m'a sauvé ! Toujours le même refrain !

MADAME PERRICHON.

Qu'as-tu à lui reprocher ? Sa famille est honorable, sa position excellente...

PERRICHON.

Mon Dieu ! je ne lui reproche rien... je ne lui en veux pas à ce garçon !

MADAME PERRICHON. [*]

Il ne manquerait plus que ça !

PERRICHON.

Mais je lui trouve un petit air pincé.

MADAME PERRICHON.

Lui !

PERRICHON.

Oui, il a un ton protecteur... des manières... il semble toujours se prévaloir du petit service qu'il m'a rendu...

MADAME PERRICHON.

Il ne t'en parle jamais !

PERRICHON.

Je le sais bien ! mais c'est son air ! son air me dit : Hein ? sans moi ?... C'est agaçant à la longue : tandis que l'autre !...

[*] Perrichon, madame Perrichon.

MADAME PERRICHON.

L'autre te répète sans cesse : Hein ? sans vous... hein ? sans vous ! Cela flatte ta vanité... et voilà pourquoi tu le préfères.

PERRICHON.

Moi ! de la vanité ! J'aurais peut-être le droit d'en avoir !

MADAME PERRICHON.

Oh !

PERRICHON.

Oui, madame !... l'homme qui a risqué sa vie pour sauver son semblable peut être fier de lui-même... mais j'aime mieux me renfermer dans un silence modeste... signe caractéristique du vrai courage !

MADAME PERRICHON.

Mais tout cela n'empêche pas que M. Armand...

PERRICHON.

Henriette n'aime pas.. ne peut pas aimer M. Armand !

MADAME PERRICHON.

Qu'en sais-tu ?

PERRICHON.

Dame ! je suppose...

MADAME PERRICHON.

Il y a un moyen de le savoir ! c'est de l'interroger... et nous choisirons celui qu'elle préférera..

PERRICHON.

Soit !.. mais ne l'influence pas !

MADAME PERRICHON.

La voici.

SCÈNE IV

PERRICHON, MADAME PERRICHON, HENRIETTE.

MADAME PERRICHON, à sa fille qui entre.*
Henriette... ma chère enfant... ton père et moi, nous avons à te parler sérieusement.

HENRIETTE.
À moi ?

PERRICHON.
Oui.

MADAME PERRICHON.
Te voilà bientôt en âge d'être mariée... deux jeunes gens se présentent pour obtenir ta main... tous deux nous conviennent ... mais nous ne voulons pas contrarier ta volonté, et nous avons résolu de te laisser l'entière liberté du choix.

HENRIETTE.
Comment !

PERRICHON.
Pleine et entière...

MADAME PERRICHON.
L'un de ces jeunes gens est M. Armand Desroches.

HENRIETTE.
Ah !

PERRICHON, vivement.
N'influence pas !...

MADAME PERRICHON.
L'autre est M. Daniel Savary...

PERRICHON.
Un jeune homme charmant, distingué, spirituel, et qui, je ne le cache pas, a toutes mes sympathies...

* Perrichon, Henriette, madame Perrichon.

MADAME PERRICHON.

Mais tu influences...

PERRICHON.

Du tout ! je constate un fait !.. (A sa fille.) Maintenant te voilà éclairée... choisis...

HENRIETTE.

Mon Dieu!... vous m'embarrassez beaucoup... et je suis prête à accepter celui que vous me désignerez...

PERRICHON.

Non ! non ! décide toi-même !

MADAME PERRICHON.

Parle, mon enfant !

HENRIETTE.

Eh bien ! puisqu'il faut absolument faire un choix, je choisis... M. Armand.

MADAME PERRICHON. *

Là !

PERRICHON.

Armand! Pourquoi pas Daniel?

HENRIETTE.

Mais M. Armand t'a sauvé, papa!

PERRICHON.

Allons, bien! encore? c'est fatiguant, ma parole d'honneur !

MADAME PERRICHON.

Eh bien! tu vois... il n'y a pas à hésiter...

PERRICHON.

Ah! mais permets, chère amie, un père ne peut pas abdiquer... Je réfléchirai, je prendrai mes renseignements.

* Perrichon, madame Perrichon, Henriette.

MADAME PERRICHON, bas.

Monsieur Perrichon, c'est de la mauvaise foi !

PERRICHON.

Caroline !...

SCÈNE V

LES MÊMES, JEAN, MAJORIN.

JEAN, à la cantonade.

Entrez !... ils viennent d'arriver ! (Majorin entre.)

PERRICHON.

Tiens ! c'est Majorin !...

MAJORIN, saluant.

Madame... mademoiselle... j'ai appris que vous reveniez aujour-
d'hui... alors j'ai demandé un jour de congé... j'ai dit que j'étais de
garde...

PERRICHON.

Ce cher ami ! c'est très-aimable... Tu dînes avec nous ? nous
avons une petite barbue...

MAJORIN.

Mais... si ce n'est pas indiscret...

JEAN, bas à Perrichon.

Monsieur... c'est du veau à la casserole ! (Il sort.)

PERRICHON.

Ah ! (A Majorin.) Allons, n'en parlons plus, ce sera pour une autre
fois...

MAJORIN, à part.

Comment ! il me désinvite ! S'il croit que j'y tiens, à son dîner !

* Jean, Perrichon, Majorin, madame Perrichon, Henriette.

(Prenant Perrichon à part. Les dames s'asseyent sur le canapé.) J'étais venu pour te parler des six cents francs que tu m'as prêtés le jour de ton départ...

PERRICHON.

Tu me les rapportes ?

MAJORIN.

Non... Je ne touche que demain mon dividende des paquebots... mais à midi précis...

PERRICHON.

Oh ! ça ne presse pas !

MAJORIN.

Pardon... j'ai hâte de m'acquitter...

PERRICHON.

Ah ! tu ne sais pas ?... je t'ai rapporté un souvenir.

MAJORIN. Il s'assied derrière le guéridon.

Un souvenir ! à moi ?

PERRICHON, s'asseyant.

En passant à Genève, j'ai acheté trois montres... une pour Jean, une pour Marguerite, la cuisinière... et une pour toi, à répétition.

MAJORIN, à part.

Il me met après ses domestiques ! (Haut.) Enfin ?

PERRICHON.

Avant d'arriver à la douane française; je les avais fourrées dans ma cravate...

MAJORIN.

Pourquoi ?

PERRICHON.

Tiens ! je n'avais pas envie de payer les droits. On me demande : Avez-vous quelque chose à déclarer ? Je réponds non ; je fais un mouvement et voilà ta diablesse de montre qui sonne : dig, dig, dig.

MAJORIN.

Eh bien !

G

PERRICHON.

Eh bien! j'ai été pincé... on a tout saisi...

MAJORIN.

Comment?

PERRICHON.

J'ai eu une scène atroce! J'ai appelé le douanier méchant gabelou! Il m'a dit que j'entendrais parler de lui. . Je regrette beaucoup cet incident... elle était charmante, ta montre.

MAJORIN, sèchement.

Je ne t'en remercie pas moins... (A part.) Comme s'il ne pouvait pas acquitter les droits... c'est sordide!

SCÈNE VI

LES MÊMES, JEAN, ARMAND.

JEAN annonçant.

Monsieur Armand Desroches!

HENRIETTE, quittant son ouvrage.

Ah!

MADAME PERRICHON, se levant et allant au-devant d'Armand.

Soyez le bienvenu... nous attendions votre visite...

ARMAND, saluant.

Madame... monsieur Perrichon...

PERRICHON. *

Enchanté!... enchanté! (A part.) Il a toujours son petit air protecteur!...

MADAME PERRICHON, bas à son mari.

Présente-le donc à Majorin.

* Madame Perrichon. Perrichon. Majorin, Henriette, Armand.

PERRICHON.

Certainement... (Haut.) Majorin... je te présente monsieur Armand
Desroches... une connaissance de voyage...

HENRIETTE, vivement.

Il a sauvé papa !

PERRICHON, à part.

Allons, bien !... encore !

MAJORIN.

Comment, tu as couru quelque danger ?

PERRICHON.

Non... une misère...

ARMAND..

Cela ne vaut pas la peine d'en parler...

PERRICHON, à part.

Toujours son petit air !

SCÈNE VII

LES MÊMES, JEAN, DANIEL.

JEAN, annonçant.

Monsieur Daniel Savary !...

PERRICHON, s'épanouissant.

Ah ! le voilà, ce cher ami !... ce bon Daniel !.. (Il renverse presque
le guéridon en courant au-devant de lui.)

DANIEL, saluant. *

Mesdames... Bonjour, Armand !

PERRICHON, le prenant par la main.

Venez, que je vous présente à Majorin... (Haut.) Majorin, je te

* Daniel, Perrichon, Majorin, madame Perrichon, Henriette, Armand.

présente un de mes bons... un de mes meilleurs amis..., monsieur Daniel Savary...

MAJORIN.

Savary? des paquebots?

DANIEL, saluant.

Moi-même.

PERRICHON.

Ah ! sans moi ! il ne te payerait pas demain ton dividende.

MAJORIN.

Pourquoi?

PERRICHON.

Pourquoi? (Avec fatuité.) Tout simplement parce que je l'ai sauvé, mon bon !

MAJORIN.

Toi? (A part.) Ah çà ! ils ont donc passé tout leur temps à se sauver la vie !

PERRICHON, racontant.

Nous étions sur la mer de Glace, le mont Blanc nous regardait tranquille et majestueux.

DANIEL, à part.

Second récit de Théramène !

PERRICHON.

Nous suivions tout pensifs un sentier abrupte.

HENRIETTE, qui a ouvert un journal.

Tiens, papa qui est dans le journal !

PERRICHON.

Comment ! je suis dans le journal?

HENRIETTE.

Lis toi-même... là... (Elle lui donne le journal.)

PERRICHON.

Vous allez voir que je suis tombé du jury ! (Lisant.) « On nous écrit de Chamouny...

TOUS.

Tiens ! (Ils se rapprochent.)

PERRICHON, lisant.

« Un événement qui aurait pu avoir des suites déplorables vient d'arriver à la mer de Glace... M. Daniel S... a fait un faux pas et a disparu dans une de ces crevasses si redoutées des voyageurs. Un des témoins de cette scène, M. Perrichon, (qu'il nous permette de le nommer.) » (Parlé.) Comment donc ! si je le permets ! (Lisant.) « M. Perrichon, notable commerçant de Paris et père de famille, n'écoutant que son courage, et au mépris de sa propre vie, s'est élancé dans le gouffre. » (Parlé) C'est vrai, « et après des efforts inouïs, a été assez heureux pour en retirer son compagnon. Un si admirable dévouement n'a été surpassé que par la modestie de M. Perrichon, qui s'est dérobé aux félicitations de la foule émue et attendrie... Les gens de cœur de tous les pays nous sauront gré de leur signaler un pareil trait ! »

TOUS.

Ah !

DANIEL, à part.

Trois francs la ligne !

PERRICHON, relisant lentement la dernière phrase.

« Les gens de cœur de tous les pays nous sauront gré de leur signaler un pareil trait. » (A Daniel, très-ému.) Mon ami .. mon enfant ! embrassez-moi ! (Ils s'embrassent.)

DANIEL, à part.

Décidément, j'ai la corde...

PERRICHON, montrant le journal.

Certes, je ne suis pas un révolutionnaire, mais je le proclame hautement, la presse a du bon ! (Mettant le journal dans sa poche et à part.) J'en ferai acheter dix numéros !

* Daniel, Perrichon, Henriette, madame Perrichon, Armand, Majorin.

6.

MADAME PERRICHON.

Dis donc, mon ami, si nous envoyions au journal le récit de la belle action de M. Armand?

HENRIETTE.

Oh! oui! cela ferait un joli pendant!

PERRICHON, vivement.

C'est inutile! je ne peux pas toujours occuper les journaux de ma personnalité...

JEAN, entrant un papier à la main.

Monsieur?

PERRICHON.

Quoi?

JEAN.

Le concierge vient de me remettre un papier timbré pour vous.

MADAME PERRICHON.

Un papier timbré?

PERRICHON.

N'aie donc pas peur! je ne dois rien à personne... au contraire, on me doit...

MAJORIN, à part.

C'est pour moi qu'il dit ça!

PERRICHON, regardant le papier.

Une assignation à comparaître devant la sixième chambre pour injures envers un agent de la force publique dans l'exercice de ses fonctions.

TOUS.

Ah! mon Dieu!

PERRICHON, lisant.

Vu le procès-verbal dressé au bureau de la douane française par le sieur Machut, sergent douanier... (Majorin remonte.)

ARMAND.

Qu'est-ce que cela signifie ?

PERRICHON.

Un douanier qui m'a saisi trois montres... j'ai été trop vif... je l'ai appelé gabelou ! rebut de l'humanité !...

MAJORIN, derrière le guéridon. *

C'est très-grave ! Très-grave !

PERRICHON, inquiet.

Quoi ?

MAJORIN.

Injures qualifiées envers un agent de la force publique dans l'exercice de ses fonctions.

MADAME PERRICHON et PERRICHON.

Eh bien ?

MAJORIN.

De quinze jours à trois mois de prison...

TOUS.

En prison !...

PERRICHON.

Moi ! après cinquante ans d'une vie pure et sans tache... j'irais m'asseoir sur le banc de l'infamie ! jamais ! jamais !

MAJORIN, à part.

C'est bien fait ! ça lui apprendra à ne pas acquitter les droits !

PERRICHON.

Ah !.mes amis ! mon avenir est brisé.

MADAME PERRICHON.

Voyons, calme-toi !

HENRIETTE.

Papa !

DANIEL.

Du courage !

* Daniel, Perrichon, Majorin, madame Perrichon, Henriette, Armand.

ARMAND.

Attendez ! je puis peut-être vous tirer de là.

TOUS.

Hein ?

PERRICHON.

Vous ! mon ami... mon bon ami !

ARMAND, allant à lui.

Je suis lié assez intimement avec un employé supérieur de l'administration des douanes... je vais le voir .. peut-être pourra-t-on
décider le douanier à retirer sa plainte.

MAJORIN.

Ça me paraît difficile !

ARMAND.

Pourquoi ? un moment de vivacité...

PERRICHON.

Que je regrette !

ARMAND.

Donnez-moi ce papier... j'ai bon espoir... ne vous tourmentez
pas, mon brave M. Perrichon !

PERRICHON, ému, lui prenant la main.

Ah ! Daniel ! (se reprenant) non ! Armand ! tenez, il faut que je
vous embrasse !   (Ils s'embrassent).

HENRIETTE, à part.

A la bonne heure ! (Elle remonte avec sa mère). **

ARMAND, bas à Daniel.

A mon tour, j'ai la corde !

DANIEL.

Parbleu ! (A part.) Je crois avoir affaire à un rival et je tombe sur
un terre neuve.

---

* Daniel, Perrichon, Armand, madame Perrichon, Henriette, Majorin.
** Daniel, Armand, Perrichon, Majorin.

MAJORIN, à Armand.

Je sors avec vous.

PERRICHON.

Tu nous quittes ?

MAJORIN.

Oui... (Fièrement) Je dine en ville ! (Il sort avec Armand).

MADAME PERRICHON, s'approchant de son mari et bas. *

Eh bien, que penses-tu maintenant de M. Armand ?

PERRICHON.

Lui ! c'est-à-dire que c'est un ange ! un ange !

MADAME PERRICHON.

Et tu hésites à lui donner ta fille ?

PERRICHON.

Non ! je n'hésite plus.

MADAME PERRICHON.

Enfin ! je te retrouve ! Il ne te reste plus qu'à prévenir M. Daniel.

PERRICHON.

Oh ! ce pauvre garçon ! tu crois ?

MADAME PERRICHON.

Dame ! à moins que tu ne veuilles attendre l'envoi des billets de faire part ?

PERRICHON.

Oh ! non !

MADAME PERRICHON.

Je te laisse avec lui... courage ! (Haut.) Viens-tu Henriette ? (Saluant Daniel,) Monsieur. (Elle sort à droite suivie d'Henriette).

* Madame Perrichon, Perrichon, Daniel et Henriette sont près de la cheminée.

SCÈNE VIII

PERRICHON, DANIEL.

DANIEL, à part en descendant.

Il est évident que mes actions baissent... Si je pouvais... (Il va au canapé.)

PERRICHON, à part au fond. *

Ce brave jeune homme... ça me fait de la peine... Allons ! Il le faut ! (Haut.) Mon cher Daniel... mon bon Daniel... j'ai une communication pénible à vous faire.

DANIEL, à part.

Nous y voilà ! (Ils s'asseyent sur le canapé.) **

PERRICHON.

Vous m'avez fait l'honneur de me demander la main de ma fille... Je caressais ce projet, mais les circonstances... les événements... votre ami, M. Armand, m'a rendu de tels services !...

DANIEL.

Je comprends.

PERRICHON.

Car on a beau dire, il m'a sauvé la vie, cet homme !

DANIEL.

Eh bien ! et le petit sapin auquel vous vous êtes cramponné !

PERRICHON.

Certainement... le petit sapin... mais il était bien petit... il pouvait casser... et puis je ne le tenais pas encore.

DANIEL.

Ah !

PERRICHON.

Non... mais ce n'est pas tout... dans ce moment, cet excellent

* Daniel, Perrichon,
** Perrichon, Daniel.

jeune homme brûle le pavé pour me tirer des cachots... Je lui de-
vrai l'honneur... l'honneur !

DANIEL.

M. Perrichon ! le sentiment qui vous fait agir est trop noble pour
que je cherche à le combattre...

PERRICHON.

Vrai ! Vous ne m'en voulez pas ?

DANIEL.

Je ne me souviens que de votre courage... de votre dévouement
pour moi...

PERRICHON, lui prenant la main.

Ah ! Daniel ! (A part.) C'est étonnant comme j'aime ce garçon-là !

DANIEL, se levant.

Aussi, avant de partir...

PERRICHON. *

Hein ?

DANIEL.

Avant de vous quitter...

PERRICHON, se levant.

Comment ! me quitter ! vous ? Et pourquoi ?

DANIEL.

Je ne puis continuer des visites qui seraient compromettantes pour
mademoiselle votre fille... et douloureuses pour moi.

PERRICHON.

Allons bien ! Le seul homme que j'aie sauvé !

DANIEL.

Oh ! mais votre image ne me quittera pas... j'ai formé un projet...
c'est de fixer sur la toile, comme elle l'est déjà dans mon cœur,
l'héroïque scène de la mer de Glace.

PERRICHON.

Un tableau ! Il veut me mettre dans un tableau !

* Daniel, Perrichon.

DANIEL.

Je me suis déjà adressé à un de nos peintres les plus illustres...
un de ceux qui travaillent pour la postérité !...

PERRICHON.

La postérité ! Ah ! Daniel ! (A part.) C'est extraordinaire comme
j'aime ce garçon-là !

DANIEL.

Je tiens surtout à la ressemblance...

PERRICHON.

Je crois bien ! moi aussi !

DANIEL.

Mais il sera nécessaire que vous nous donniez cinq ou six
séances...

PERRICHON.

Comment donc, mon ami ! quinze ! vingt ! trente ! ça ne m'en-
nuira pas... nous poserons ensemble !

DANIEL, vivement.

Ah ! non... pas moi !

PERRICHON.

Pourquoi ?

DANIEL.

Parce que... voici comment nous avons conçu le tableau... on ne
verra sur la toile que le Mont-Blanc...

PERRICHON, inquiet.

Eh bien, et moi ?

DANIEL.

Le mont Blanc et vous !

PERRICHON.

C'est ça... moi et le Mont-Blanc... tranquille et majestueux !...
Ah ! ça, et vous, où serez-vous ?

DANIEL.

Dans le trou... tout au fond... on n'apercevra que mes deux mains
crispées et suppliantes...

PERRICHON.

Quel magnifique tableau !

DANIEL.

Nous le mettrons au Musée...

PERRICHON.

De Versailles ?

DANIEL.

Non, de Paris...

PERRICHON.

Ah ! oui... à l'exposition !...

DANIEL.

Et nous inscrirons sur le livret cette notice...

PERRICHON.

Non ! pas de banque ! pas de réclame ! Nous mettrons tout simplement l'article de mon journal... « On nous écrit de Chamouny... »

DANIEL.

C'est un peu sec.

PERRICHON.

Oui... mais nous l'arrangerons ! (Avec effusion.) Ah ! Daniel, mon
ami !... mon enfant !

DANIEL.

Adieu, monsieur Perrichon !... nous ne devons plus nous revoir...

PERRICHON.

Non ! c'est impossible ! c'est impossible ! ce mariage... rien n'est
encore décidé...

DANIEL.

Mais...

PERRICHON.

Restez ! je le veux !

DANIEL, à part.

Allons donc !

SCÈNE IX

LES MÊMES, JEAN, LE COMMANDANT.

JEAN, annonçant.

Monsieur le commandant Mathieu !

PERRICHON, étonné.

Qu'est-ce que c'est que ça ?

LE COMMANDANT, entrant. *

Pardon, messieurs, je vous dérange peut-être ?

PERRICHON.

Du tout.

LE COMMANDANT, à Daniel.

Est-ce à monsieur Perrichon que j'ai l'honneur de parler ?

PERRICHON.

C'est moi, monsieur.

LE COMMANDANT.

Ah !... (A Perrichon.) Monsieur, voilà douze jours que je vous cherche. Il y a beaucoup de Perrichon à Paris... j'en ai déjà visité une douzaine... mais je suis tenace...

PERRICHON, lui indiquant un siége à gauche du guéridon.

Vous avez quelque chose à me communiquer ? (Il s'assied sur le canapé. Daniel remonte.)

LE COMMANDANT, s'asseyant.

Je n'en sais rien encore... Permettez-moi d'abord de vous adresser une question : Est-ce vous qui avez fait, il y a un mois, un voyage à la mer de Glace ?

PERRICHON.

Oui, monsieur, c'est moi-même ! je crois avoir le droit de m'en vanter !

* Daniel, le Commandant, Perrichon.

LE COMMANDANT.

Alors, c'est vous qui avez écrit sur le registre des voyageurs :
« Le commandant est un paltoquet. »

PERRICHON.

Comment ! vous êtes ?...

LE COMMANDANT.

Oui, monsieur... c'est moi !

PERRICHON.

Enchanté ! (Ils se font plusieurs petits saluts)

DANIEL, à part en descendant.*

Diable ! l'horizon s'obscurcit !...

LE COMMANDANT.

Monsieur, je ne suis ni querelleur, ni ferrailleur, mais je n'aime
pas à laisser traîner sur les livres d'auberge de pareilles apprécia-
tions à côté de mon nom...

PERRICHON.

Mais vous avez écrit le premier une note... plus que vive !

LE COMMANDANT.

Moi? je me suis borné à constater que mer de Glace ne prenait
pas d'*e* à la fin : voyez le dictionnaire...

PERRICHON.

Eh ! monsieur ! vous n'êtes pas chargé de corriger mes... préten-
dues fautes d'orthographe ! De quoi vous mêlez-vous ? (Ils se lèvent.)

LE COMMANDANT.

Pardon... pour moi, la langue française est une compatriote
aimée... une dame de bonne maison, élégante, mais un peu cruelle...
vous le savez mieux que personne.

PERRICHON.

Moi ?...

LE COMMANDANT.

Et quand j'ai l'honneur de la rencontrer à l'étranger... je ne per-

* Le Commandant, Perrichon, Daniel.

mets pas qu'on éclabousse sa robe. C'est une question de chevalerie
et de nationalité.

PERRICHON.

Ah çà ! monsieur, auriez-vous la prétention de me donner une
leçon ?

LE COMMANDANT.

Loin de moi cette pensée...

PERRICHON.

Ah ! ce n'est pas malheureux ! (A part.) Il recule.

LE COMMANDANT.

Mais sans vouloir vous donner une leçon, je viens vous demander
poliment... une explication.

PERRICHON, à part.

Mathieu !... c'est un faux commandant.

LE COMMANDANT.

De deux choses l'une : ou vous persistez...

PERRICHON.

Je n'ai pas besoin de tous ces raisonnements ! Vous croyez peut-
être m'intimider : monsieur... j'ai fait mes preuves de courage, entendez-vous ! et je vous les ferai voir...

LE COMMANDANT.

Où ça ?

PERRICHON.

A l'exposition... L'année prochaine...

LE COMMANDANT.

Oh ! permettez !... Il me sera impossible d'attendre jusque-là...
Pour abréger, je vais au fait : retirez-vous, oui ou non ?

PERRICHON.

Rien du tout !

LE COMMANDANT.

Prenez garde !

DANIEL.

Monsieur Perrichon !

PERRICHON.

Rien du tout ! (A part.) Il n'a pas seulement de moustaches !

LE COMMANDANT. *

Alors, monsieur Perrichon, j'aurai l'honneur de vous attendre demain, à midi, avec mes témoins, dans les bois de la Malmaison...

DANIEL.

Commandant ! un mot ?

LE COMMANDANT, remontant.

Nous vous attendrons chez le garde !

DANIEL.

Mais, commandant...

LE COMMANDANT.

Mille pardons... j'ai rendez-vous avec un tapissier... pour choisir des étoffes, des meubles... A demain... midi... (Saluant.) Messieurs... j'ai bien l'honneur... (Il sort.)

SCÈNE X

PERRICHON, DANIEL, puis JEAN. **

DANIEL, à Perrichon.

Diable ! vous êtes raide en affaires ! avec un commandant surtout !

PERRICHON.

Lui ! un commandant ? Allons donc ! Est-ce que les vrais commandants s'amusent à éplucher les fautes d'orthographe ?

* Le Commandant, Daniel, Perrichon.
** Daniel, Perrichon.

DANIEL.

N'importe? Il faut questionner, s'informer... (Il sonne à la cheminée.) savoir à qui nous avons à faire.

JEAN, paraissant.

Monsieur?

PERRICHON, à Jean.

Pourquoi as-tu laissé entrer cet homme qui sort d'ici?

JEAN. *

Monsieur, il était déjà venu ce matin... J'ai même oublié de vous remettre sa carte...

DANIEL.

Ah! sa carte!

PERRICHON.

Donne! (La lisant.) Mathieu, ex-commandant au deuxième zouaves.

DANIEL.

Un zouave!

PERRICHON.

Saprelotte !

JEAN.

Quoi donc?

PERRICHON.

Rien! Laissez-nous ! (Jean sort.)

DANIEL.

Eh bien ! nous voilà dans une jolie situation !

PERRICHON.

Que voulez-vous? j'ai été trop vif... un homme si poli!... Je l'ai pris pour un notaire gradé !

DANIEL.

Que faire.?

* Jean, Perrichon, Daniel.

PERRICHON.

Il faudrait trouver un moyen... (Poussant un cri.) Ah !...

DANIEL.

Quoi?

PERRICHON.

Rien ! rien ! Il n'y a pas de moyen ! je l'ai insulté, je me battrai !..
Adieu !..

DANIEL.

Où allez-vous ? *

PERRICHON.

Mettre mes affaires en ordre... vous comprenez...

DANIEL. *

Mais cependant. .

PERRICHON.

Daniel... quand sonnera l'heure du danger vous ne me verrez pas
faiblir ! (Il sort à droite.)

SCÈNE XI

DANIEL, seul.

Allons donc !... c'est impossible !... je ne peux pas laisser battre
M. Perrichon avec un zouave !... c'est qu'il a du cœur le beau-
père !... je le connais, il ne fera pas de concessions... de son côté
le commandant... et tout cela pour une faute d'orthographe ! (Cher-
chant.) Voyons donc ?.. si je prévenais l'autorité ? oh ! non !... au fait,
pourquoi pas ? personne ne le saura. D'ailleurs, je n'ai pas le choix
des moyens.. (Il prend un buvard et un encrier sur une table, près de la
porte d'entrée, et se place au guéridon.) Une lettre au préfet de police !...
(Écrivant.) Monsieur le Préfet... j'ai l'honneur de... (Parlant tout en
écrivant.) Une ronde passera par là à point nommé... le hasard aura
tout fait... et l'honneur sera sauf. (Il plie et cachète sa lettre et remet
en place ce qu'il a pris.) Maintenant, il s'agit de la faire porter tout

* Daniel, Perrichon.

de suite... Jean doit être là ! (Il sort en appelant.) Jean ! Jean ! (Il disparaît dans l'antichambre.)

SCÈNE XII

PERRICHON, seul. — Il entre en tenant une lettre à la main. Il la lit.

« Monsieur le Préfet, je crois devoir prévenir l'autorité que deux insensés ont l'intention de croiser le fer demain, à midi moins un quart.... » (Parlé.) Je mets moins un quart afin qu'on soit exact. Il suffit quelquefois d'un quart d'heure !... (Reprenant sa lecture.) « A midi moins un quart... dans les bois de la Malmaison. Le rendez-vous est à la porte du garde... Il appartient à votre haute administration de veiller sur la vie des citoyens. Un des combattants est un ancien commerçant, père de famille, dévoué à nos institutions et jouissant d'une bonne notoriété dans son quartier. Veuillez agréer, Monsieur le Préfet, etc. etc... » S'il croit me faire peur ce commandant !... maintenant l'adresse... (Il écrit.) Très-pressé, communication importante... comme ça, ça arrivera... Où est Jean ?

SCÈNE XIII

PERRICHON, DANIEL, puis MADAME PERRICHON, HENRIETTE, puis JEAN.

DANIEL, entrant par le fond, sa lettre à la main. *
Impossible de trouver ce domestique. (Apercevant Perrichon.) Oh ! (Il cache sa lettre.)

PERRICHON.
Daniel ! (Il cache aussi sa lettre.)

DANIEL.
Eh bien ! monsieur Perrichon.

* Perrichon, Daniel.

PERRICHON.

Vous voyez... je suis calme... comme le bronze ! (Apercevant sa
femme et sa fille.) Ma femme, silence ! (Il descend.)

MADAME PERRICHON à son mari.

Mon ami, le maître de piano d'Henriette vient de nous envoyer
des billets de concert pour demain... midi...

PERRICHON, à part. *

Midi !

HENRIETTE.

C'est à son bénéfice, tu nous accompagneras ?

PERRICHON.

Impossible ! demain, ma journée est prise !

MADME PERRICHON.

Mais tu n'as rien à faire..

PERRICHON.

Si... j'ai une affaire... très-importante.... demande à Daniel..

DANIEL.

Très-importante !

MADAME PERRICHÒN.

Quel air sérieux ! (A son mari.) Tu as la figure longue d'une aune;
on dirait que tu as peur.

PERRICHON.

Moi ? peur ! On me verra sur le terrain !

DANIEL, à part.

Aïe !

MADAME PERRICHON.

Le terrain !

PERRICHON, à part.

Sapristi ! ça ma échappé !

____

* Daniel, Perrichon, madame Perrichon, Henriette.

HENRIETTE, courant à lui.

Un duel ! papa !

PERRICHON. *

Eh bien ! oui, mon enfant, je ne voulais pas te le dire, ça ma
échappé, ton père se bat !..

MADAME PERRICHON.

Mais avec qui ?

PERRICHON.

Avec un commandant au deuxième zouaves !

MADAME PERRICHON et HENRIETTE, effrayées.

Ah ! grand Dieu !

PERRICHON.

Demain, à midi, dans le bois de la Malmaison, à la porte du garde !

MADAME PERRICHON, allant à lui.**

Mais tu es fou... toi ! un bourgeois !

PERRICHON.

Madame Perrichon, je blâme le duel... mais il y a des circonstances où l'homme se doit à son honneur ! (A part, montrant sa lettre.) Où
est donc Jean ?

MADAME PERRICHON, à part.

Non ! c'est impossible ! je ne souffrirai pas... (Elle va à la table au
fond et écrit à part.) Monsieur le préfet de police...

JEAN, paraissant. ***

Le dîner est servi !

PERRICHON, s'approchant de Jean et bas.

Cette lettre à son adresse, c'est très-pressé ! (Il s'éloigne.)

DANIEL, bas à Jean.

Cette lettre à son adresse... c'est très-pressé ! (Il s'éloigne.)

* Daniel, Perrichon, Henriette, madame Perrichon.
** Daniel, Perrichon, madame Perrichon, Henriette.
*** Madame Perrichon, Jean, Perrichon, Daniel, Henriette,

MADAME PERRICHON, bas à Jean.

Cette lettre à son adresse... c'est très-pressé !

PERRICHON.

Allons ! à table !

HENRIETTE, à part.

Je vais faire prévenir monsieur Armand. (Elle entre à droite.)

MADAME PERRICHON, à Jean avant de sortir.

Chut !

DANIEL, de même.

Chut !

PERRICHON, de même.

Chut ! (Ils disparaissent tous les trois.)

JEAN, seul.

Quel est ce mystère? (Lisant l'adresse des trois lettres.) Monsieur le préfet... Monsieur le préfet... Monsieur le préfet... (Étonné, et avec joie.) Tiens ! il n'y a qu'une course !

FIN DU TROISIÈME ACTE

ACTE QUATRIÈME

Un jardin. — Bancs, chaises, table rustique ; à droite, un pavillon
praticable.

—

SCÈNE PREMIÈRE

DANIEL, puis PERRICHON.

DANIEL, entrant par le fond à gauche.

Dix heures! le rendez-vous n'est que pour midi. (Il s'approche du
pavillon et fait signe.) Psit psit !

PERRICHON, passant la tête à la porte du pavillon.

Ah ! c'est vous... ne faites pas de bruit... dans une minute je suis
à vous. (Il rentre.)

DANIEL, seul.

Ce pauvre monsieur Perrichon! il a dû passer une bien mauvaise nuit... heureusement ce duel n'aura pas lieu.

PERRICHON, sortant du pavillon avec un grand manteau. *

Me voici... je vous attendais...

DANIEL.

Comment vous trouvez-vous?

* Daniel, Perrichon.

PERRICHON.

Calme comme le bronze !

DANIEL.

J'ai des épées dans la voiture.

PERRICHON, entrouvrant son manteau.

Moi, j'en ai là.

DANIEL.

Deux paires !

PERRICHON.

Une peut casser... je ne veux pas me trouver dans l'embarras.

DANIEL, à part.

Décidément, c'est un lion !... (Haut.) Le fiacre est à la porte...
si vous voulez.

PERRICHON.

Un instant ! Quelle heure est-il ?

DANIEL.

Dix heures !

PERRICHON.

Je ne veux pas arriver avant midi... ni après. (A part.) Ça ferait
tout manquer.

DANIEL.

Vous avez raison... pourvu qu'on soit à l'heure. (A part.) Ça ferait
tout manquer.

PERRICHON.

Arriver avant... c'est de la fanfaronnade... après, c'est de l'hési-
tation ; d'ailleurs, j'attends Majorin... je lui ai écrit hier soir un mot
pressant.

DANIEL.

Ah ! le voici.

SCÈNE II

Les Mêmes, MAJORIN.

MAJORIN. *

J'ai reçu ton billet, j'ai demandé un congé... de quoi s'agit-il?

PERRICHON.

Majorin... je me bats dans deux heures !...

MAJORIN.

Toi? allons donc! et avec quoi?

PERRICHON, *ouvrant son manteau et laissant voir ses épées.*

Avec ceci.

MAJORIN.

Des épées !

PERRICHON.

Et j'ai compté sur toi pour être mon second. (Daniel remonte.)

MAJORIN.

Sur moi? permets, mon ami, c'est impossible !

PERRICHON.

Pourquoi?

MAJORIN.

Il faut que j'aille à mon bureau... je me ferais destituer.

PERRICHON.

Puisque tu as demandé un congé.

MAJORIN.

Pas pour être témoin !... On leur fait des procès aux témoins !

PERRICHON.

Il me semble, monsieur Majorin, que je vous ai rendu assez de

* Daniel, Majorin, Perrichon.

services pour que vous ne refusiez pas de m'assister dans une cir-
constance capitale de ma vie.

MAJORIN, à part.

Il me reproche ses six cents francs!

PERRICHON.

Mais si vous craignez de vous compromettre... si vous avez
peur.

MAJORIN. *

Je n'ai pas peur... (Avec amertune.) D'ailleurs je ne suis pas libre...
tu as su m'enchaîner par les liens de la reconnaissance. (Grinçant.)
Ah! la reconnaissanc !

DANIEL, à part.

Encore un!

MAJORIN.

Je ne te demande qu'une chose... c'est d'être de retour à deux
heures... pour toucher mon dividende... je te rembourserai immédiatement et alors... nous serons quittes!...

DANIEL.

Je crois qu'il est temps de partir. (A Perrichon.) Si vous désirez
faire vos adieux à madame Perrichon et à votre fille...

PERRICHON.

Non! je veux éviter cette scène... ce serait des pleurs, des cris...
elles s'attacheraient à mes habits pour me retenir... partons! (On
entend chanter dans la coulisse.) Ma fille!

SCÈNE III

Les Mêmes, HENRIETTE puis MADAME PERRICHON.

HENRIETTE, entrant en chantant, et un arrosoir à la main."
Tra la la! tra la la! (Parlé) Ah! c'est toi, mon petit papa...

* Majorin, Perrichon, Daniel.
** Majorin, Daniel, Perrichon, Henriette.

PERRICHON.

Oui..... tu vois... nous partons... avec ces deux messieurs... il le faut... (Il l'embrasse avec émotion.) Adieu !

HENRIETTE, tranquillement.

Adieu, papa. (A part.) Il n'y a rien à craindre, maman a prévenu le préfet de police... et moi, j'ai prévenu monsieur Armand. (Elle va arroser les fleurs.)

PERRICHON, s'essuyant les yeux et la croyant près de lui.

Allons ! ne pleure pas !... si tu ne me revois pas... songe... (S'arrêtant.) Tiens ! elle arrose !

MAJORIN, à part.

Ça me révolte ! mais c'est bien fait !

MADAME PERRICHON, entrant avec des fleurs à la main, à son mari.

Mon ami... peut-on couper quelques dalhias ?

PERRICHON. *

Ma femme !

MADAME PERRICHON.

Je cueille un bouquet pour mes vases.

PERRICHON.

Cueille... dans un pareil moment je n'ai rien à te refuser... je vais partir. Caroline.

MADAME PERRICHON, tranquillement.

Ah ! tu vas là-bas.

PERRICHON.

Oui... je vais... là-bas, avec ces deux messieurs.

MADAME PERRICHON.

Allons ! tâche d'être revenu pour dîner.

PERRICHON et MAJORIN.

Hein ?

PERRICHON à part.

Cette tranquillité... est-ce que ma femme ne m'aimerait pas ?

* Majorin, Daniel, Perrichon, madame Perrichon, Henriette.

MAJORIN, à part.

Tous les Perrichon manquent de cœur! c'est bien fait!

DANIEL.

Il est l'heure... si vous voulez être au rendez-vous à midi.

PERRICHON, vivement.

Précis!

MADAME PERRICHON, vivement.

Précis! vous n'avez pas de temps à perdre.

HENRIETTE.

Dépêche-toi, papa.

PERRICHON.

Oui...

MAJORIN, à part.

Ce sont elles qui le renvoient! Quelle jolie famille!

PERRICHON.

Allons! Caroline! ma fille! adieu! adieu! (Ils remontent.)

SCÈNE IV

LES MÊMES, ARMAND.

ARMAND, paraissant au fond. *

Restez, monsieur Perrichon, le duel n'aura pas lieu.

TOUS.

Comment?

HENRIETTE, à part.

Monsieur Armand! j'étais bien sûre de lui!

MADAME PERRICHON, à Armand.

Mais, expliquez-nous...

* Majorin, Perrichon, Daniel, Armand, madame Perrichon, Henriette.

ARMAND.

C'est bien simple.., je viens de faire mettre à Clichy le commandant Mathieu.

TOUS.

A Clichy ?

DANIEL, à part.

Il est très-actif, mon rival !

ARMAND.

Oui... cela avait été convenu depuis un mois entre le commandant et moi... et je ne pouvais trouver une meilleure occasion de lui être agréable. (A Perrichon.) Et de vous en débarrasser !

MADAME PERRICHON, à Armand.

Ah ! monsieur, que de reconnaissance...

HENRIETTE, bas.

Vous êtes notre sauveur !

PERRICHON, à part.

Eh bien ! je suis contrarié de ça... j'avais si bien arrangé ma petite affaire... A midi moins un quart on nous mettait la main dessus.

MADAME PERRICHON, allant à son mari.

Remercie donc.

PERRICHON.

Qui ça ?

MADAME PERRICHON.

Eh bien ! monsieur Armand.

PERRICHON.

Ah ! oui. (A Armand sèchement.) Monsieur, je vous remercie.

MAJORIN, à part.

On dirait que ça l'étrangle. (Haut.) Je vais toucher mon dividende. (A Daniel.) Croyez-vous que la caisse soit ouverte ?

DANIEL. *

Oui sans doute. J'ai une voiture, je vais vous conduire. Monsieur Perrichon, nous nous reverrons ; vous avez une réponse à me donner.

MADAME PERRICHON, bas à Armand.

Restez. Perrichon a promis de se prononcer aujourd'hui : le moment est favorable, faites votre demande.

ARMAND.

Vous croyez... c'est que.

HENRIETTE, bas.

Courage, monsieur Armand.

ARMAND.

Vous ! oh ! quel bonheur !

MAJORIN.

Adieu, Perrichon.

DANIEL, saluant.

Madame... mademoiselle. (Henriette et madame Perrichon sortent par la droite; Majorin et Daniel par le fond, à gauche.)

SCÈNE V

PERRICHON, ARMAND, puis JEAN et le COMMANDANT.

PERRICHON, à part. **

Je suis très-contrarié... très-contrarié !... j'ai passé une partie de la nuit à écrire à mes amis que je me battais... je vais être ridicule.

ARMAND, à part.

Il doit être bien disposé... Essayons. (Haut.) Mon cher monsieur Perrichon...

* Perrichon, Daniel, Majorin, madame Perrichon, Armand. Henriette.
** Perrichon, Armand.

PERRICHON, sèchement.

Monsieur?

ARMAND.

Je suis plus heureux que je ne puis le dire d'avoir pu terminer cette désagréable affaire.

PERRICHON, à part.

Toujours son petit air protecteur! (Haut.) Quant à moi, monsieur, je regrette que vous m'ayez privé du plaisir de donner une leçon à ce professeur de grammaire!

ARMAND.

Comment? mais vous ignorez donc que votre adversaire...

PERRICHON.

Est un ex-commandant au deuxième zouave... Eh bien?... après? J'estime l'armée, mais je suis de ceux qui savent la regarder en face. (Il passe fièrement devant lui.)

JEAN, paraissant et annonçant.

Le commandant Mathieu.

PERRICHON.

Hein?

ARMAND.

Lui!

PERRICHON.

Vous me disiez qu'il était en prison!

LE COMMANDANT, entrant. *

J'y étais, en effet, mais j'en suis sorti. (Apercevant Armand.) Ah! monsieur Armand! je viens de consigner le montant du billet que je vous dois, plus les frais...

ARMAND.

Très-bien, commandant... Je pense que vous ne me gardez pas rancune... vous paraissiez si désireux d'aller à Clichy.

* Jean, le Commandant, Armand, Perrichon.

LE COMMANDANT.

Oui, j'aime Clichy... mais pas les jours où je dois me battre.
(A Perrichon.) Je suis désolé, monsieur, de vous avoir fait attendre...
Je suis à vos ordres.

JEAN, à part.

Oh! ce pauvre bourgeois!

PERRICHON.

Je pense, monsieur, que vous me rendrez la justice de croire
que je suis tout à fait étranger à l'incident qui vient de se pro-
duire.

ARMAND.

Tout à fait! car à l'instant même, monsieur me manifestait ses
regrets de ne pouvoir se rencontrer avec vous.

LE COMMANDANT, à Perrichon.

Je n'ai jamais douté, monsieur, que vous ne fussiez un loyal adversaire.

PERRICHON, avec hauteur.

Je me plais à l'espérer, monsieur.

JEAN, à part.

Il est très-solide, le bourgeois.

LE COMMANDANT.

Mes témoins sont à la porte... partons!

PERRICHON. *

Partons!

LE COMMANDANT, tirant sa montre.

Il est midi.

PERRICHON, à part.

Midi!... déjà!

LE COMMANDANT.

Nous serons là-bas à deux heures.

* Jean, le Commandant, Perrichon, Armand.

PERRICHON, à part.

Deux heures! ils seront partis.

ARMAND.

Qu'avez-vous donc?

PERRICHON.

J'ai... j'ai... messieurs, j'ai toujours pensé qu'il y avait quelque noblesse à reconnaître ses torts.

LE COMMANDANT et JEAN, étonnés.

Hein?

ARMAND.

Que dit-il?

PERRICHON.

Jean... laisse-nous!

ARMAND.

Je me retire aussi...

LE COMMANDANT.

Oh! pardon! je désire que tout ceci se passe devant témoins.

ARMAND.

Mais...

LE COMMANDANT.

Je vous prie de rester.

PERRICHON.

Commandant... vous êtes un brave militaire... et moi... j'aime les militaires! Je reconnais que j'ai eu des torts envers vous... et je vous prie de croire que... (A part.) Sapristi! devant mon domestique! (Haut.) Je vous prie de croire qu'il n'était ni dans mes intentions... (Il fait signe de sortir à Jean, qui a l'air de ne pas comprendre. A part.) Ça m'est égal, je le mettrai à la porte ce soir. (Haut.) ni dans ma pensée... d'offenser un homme que j'estime et que j'honore!

JEAN, à part.

Il canne, le patron!

LE COMMANDANT.

Alors, monsieur, ce sont des excuses.

ARMAND, vivement.

Oh ! des regrets !...

PERRICHON.

N'envenimez pas ! n'envenimez pas ! laissez parler le commandant.

LE COMMANDANT,

Sont-ce des regrets ou des excuses ?

PERRICHON, hésitant.

Mais... moitié l'un... moitié l'autre...

LE COMMANDANT.

Monsieur, vous avez écrit en toutes lettres sur le livre de Montanvert... le commandant est un...

PERRICHON, vivement.

Je retire le mot ! il est retiré !

LE COMMANDANT.

Il est retiré... ici... mais là-bas ! il s'épanouit au beau milieu d'une page que tous les voyageurs peuvent lire.

PERRICHON.

Ah ! dam ! pour ça ! à moins que je ne retourne moi-même l'effacer.

LE COMMANDANT.

Je n'osais pas vous le demander, mais puisque vous me l'offrez...

PERRICHON.

Moi ?

LE COMMANDANT.

J'accepte.

PERRICHON.

Permettez...

LE COMMANDANT.

Oh ! je ne vous demande pas de repartir aujourd'hui... non !... mais demain.

PERRICHON et ARMAND.

Comment ?

LE COMMANDANT.

Comment ? Par le premier convoi, et vous bifferez vous-même, de bonne grâce, les deux méchantes lignes échappées à votre improvisation... ça m'obligera.

PERRICHON.

Oui... comme ça... il faut que je retourne en Suisse ?

LE COMMANDANT.

D'abord, le Montanvert était en Savoie... maintenant c'est la France !

PERRICHON.

La France, reine des nations !

JEAN.

C'est bien moins loin !

LE COMMANDANT, ironiquement.

Il ne me reste plus qu'à rendre hommage à vos sentiments de conciliation.

PERRICHON.

Je n'aime pas à verser le sang !

LE COMMANDANT, riant.

Je me déclare complétement satisfait. (A Armand.) Monsieur Desroches, j'ai encore quelques billets en circulation, s'il vous en passe un par les mains, je me recommande toujours à vous ! (Saluant.) Messieurs, j'ai bien l'honneur de vous saluer !

PERRICHON, saluant.

Commandant... (Le commandant sort.)

JEAN, à Perrichon, tristement.

Eh bien ! monsieur... voilà votre affaire arrangée.

Armand, Perrichon, Jean.

PERRICHON, éclatant.

Toi, je te donne ton compte! va faire tes paquets, animal.

JEAN, stupéfait.

. Ah! bah! qu'est-ce que j'ai fait! (Il sort à droite.)

SCÈNE VI

ARMAND, PERRICHON.

PERRICHON, à part.

Il n'y a pas à dire... j'ai fait des excuses! moi! dont on verra le portrait au Musée... mais à qui la faute? à ce M. Armand!

ARMAND, à part, au fond.

Pauvre homme! je ne sais que lui dire.

PERRICHON, à part.

Ah! ça, est-ce qu'il ne va pas s'en aller? Il a peut-être encore quelque service à me rendre... Ils sont jolis, ses services!

ARMAND.

Monsieur Perrichon!

PERRICHON.

Monsieur?

ARMAND.

.Hier, en vous quittant, je suis allé chez mon ami... l'employé à l'administration des douanes... Je lui ai parlé de votre affaire.

PERRICHON, sèchement.

. Vous êtes trop bon.

ARMAND.

C'est arrangé!... on ne donnera pas suite au procès.

PERRICHON.

· Ah!

Labiche. Perrichon.

ARMAND.

Seulement, vous écrirez au douanier quelques mots de regrets.

PERRICHON, éclatant.

C'est ça! des excuses! encore des excuses!... De quoi vous mêlez-vous, à la fin ?

ARMAND.

Mais...

PERRICHON.

Est-ce que vous ne perdrez pas l'habitude de vous fourrer à chaque instant dans ma vie?

ARMAND.

Comment !

PERRICHON.

Oui, vous touchez à tout! Qui est-ce qui vous a prié de faire arrêter le commandant? Sans vous, nous étions tous là-bas, à midi !

ARMAND.

Mais rien ne vous empêchait d'y être à deux heures.

PERRICHON.

Ce n'est pas la même chose.

ARMAND.

Pourquoi ?

PERRICHON.

Vous me demandez pourquoi? Parce que... non ! Vous ne saurez pas pourquoi! (Avec colère.) Assez de services, monsieur! assez de services! Désormais, si je tombe dans un trou, je vous prie de m'y laisser! j'aime mieux donner cent francs au guide... car ça coûte cent francs... il n'y a pas de quoi être si fier! Je vous prierai aussi de ne plus changer les heures de mes duels, et de me laisser aller en prison si c'est ma fantaisie.

ARMAND.

Mais, monsieur Perrichon.

PERRICHON.

Je n'aime pas les gens qui s'imposent... c'est de l'indiscrétion !
Vous m'envahissez !...

ARMAND.

Permettez...

PERRICHON.

Non, monsieur ! on ne me domine pas, moi ! Assez de services !
assez de services ! (Il sort par le pavillon.)

SCÈNE VII

ARMAND, puis HENRIETTE.

ARMAND, seul.

Je n'y comprends plus rien... je suis abasourdi !

HENRIETTE, entrant par la droite, au fond.*

Ah ! monsieur Armand.

ARMAND.

Mademoiselle Henriette !

HENRIETTE.

Avez-vous causé avec papa ?

ARMAND.

Oui, mademoiselle.

HENRIETTE.

Eh bien !

ARMAND.

Je viens d'acquérir la preuve de sa parfaite antipathie.

HENRIETTE.

Que dites-vous là ? C'est impossible.

* Armand, Henriette.

ARMAND.

Il a été jusqu'à me reprocher de l'avoir sauvé au Montanvert...
J'ai cru qu'il allait m'offrir cent francs de récompense.

HENRIETTE.

Cent francs ! Par exemple !

ARMAND.

Il dit que c'est le prix !...

HENRIETTE.

Mais c'est horrible !... c'est de l'ingratitude !...

ARMAND.

J'ai senti que ma présence le froissait, le blessait... et je n'ai
plus, mademoiselle, qu'à vous faire mes adieux.

HENRIETTE, vivement.

Mais, pas du tout ! restez !

ARMAND.

A quoi bon ? c'est à Daniel qu'il réserve votre main.

HENRIETTE.

Monsieur Daniel ?... mais je ne veux pas !

ARMAND, avec joie.

Ah !

HENRIETTE, se reprenant.

Ma mère ne veut pas ! elle ne partage pas les sentiments de papa ;
elle est reconnaissante, elle ; elle vous aime... Tout à l'heure elle
me disait encore : Monsieur Armand est un honnête homme... un
homme de cœur, et ce que j'ai de plus cher au monde, je le lui don-
nerai...

ARMAND.

Mais, ce qu'elle a de plus cher... c'est vous !

HENRIETTE, naïvement.

Je le crois.

ARMAND.

Ah ! mademoiselle, que je vous remercie !

HENRIETTE.

Mais, c'est maman qu'il faut remercier.

ARMAND.

Et vous, mademoiselle, me permettez-vous d'espérer que vous aurez pour moi la même bienveillance ?

HENRIETTE, embarrassée.

Moi, monsieur ?...

ARMAND.

Oh ! parlez ! je vous en supplie...

HENRIETTE, baissant les yeux.

Monsieur, lorsqu'une demoiselle est bien élevée, elle pense toujours comme sa maman. (Elle se sauve.)

SCÈNE VIII

ARMAND, puis DANIEL.

ARMAND, seul.

Elle m'aime ! elle me l'a dit !... Ah ! je suis trop heureux !... ah !...

DANIEL, entrant. *

Bonjour, Armand.

ARMAND.

C'est vous... (A part.) Pauvre garçon !

DANIEL.

Voici l'heure de la philosophie... Monsieur Perrichon se recueille... et dans dix minutes nous allons connaître sa réponse. Mon pauvre ami !

ARMAND.

Quoi donc ?

DANIEL.

Dans la campagne que nous venons de faire, vous avez commis fautes sur fautes...

* Armand, Daniel.

ARMAND, étonné.

Moi ?

DANIEL.

Tenez, je vous aime, Armand... et je veux vous donner un bon avis qui vous servira... pour une autre fois ! vous avez un défaut mortel !

ARMAND.

Lequel ?

DANIEL.

Vous aimez trop à rendre service... c'est une passion malheureuse !

ARMAND, riant.

Ah ! par exemple !

DANIEL.

Croyez-moi... j'ai vécu plus que vous, et dans un monde... plus avancé ! Avant d'obliger un homme, assurez-vous bien d'abord que cet homme n'est pas un imbécile.

ARMAND.

Pourquoi ? -

DANIEL.

Parce qu'un imbécile est incapable de supporter longtemps cette charge écrasante qu'on appelle la reconnaissance ; il y a même des gens d'esprit qui sont d'une constitution si délicate...

ARMAND, riant.

Allons ! développez votre paradoxe !

DANIEL.

Voulez-vous un exemple : monsieur Perrichon...

PERRICHON, passant sa tête à la porte du pavillon.

Mon nom !

DANIEL.

Vous me permettrez de ne pas le ranger dans la catégorie des hommes supérieurs. (Perrichon disparaît.)

DANIEL.

Eh bien ! monsieur Perrichon vous a pris tout doucement en grippe.

ARMAND.

J'en ai bien peur.

DANIEL.

Et pourtant vous lui avez sauvé la vie. Vous croyez peut-être que ce souvenir lui rappelle un grand acte de dévouement? Non ! il lui rappelle trois choses : Primo, qu'il ne sait pas monter à cheval ; secundo, qu'il a eu tort de mettre des éperons, malgré l'avis de sa femme; tertio, qu'il a fait en public une culbute ridicule...

ARMAND.

Soit, mais...

DANIEL.

Et comme il fallait un bouquet à ce beau feu d'artifice, vous lui avez démontré, comme deux et deux font quatre, que vous ne faisiez aucun cas de son courage, en empêchant un duel... qui n'aurait pas eu lieu.

ARMAND.

Comment?

DANIEL.

J'avais pris mes mesures... Je rends aussi quelquefois des services...

ARMAND.

Ah ! vous voyez bien !

DANIEL.

Oui, mais moi, je me cache... je me masque ! Quand je pénètre dans la misère de mon semblable, c'est avec des chaussons et sans lumière... comme dans une poudrière ! D'où je conclus...

ARMAND.

Qu'il ne faut obliger personne ?

DANIEL.

Oh ! non ! mais il faut opérer nuitamment et choisir sa victime !

D'où je conclus que ledit Perrichon vous déteste ; votre présence l'humilie, il est votre obligé, votre inférieur ! vous l'écrasez, cet homme !

ARMAND.

Mais c'est de l'ingratitude !...

DANIEL.

L'ingratitude est une variété de l'orgueil... C'est l indépendance du cœur, a dit un aimable philosophe. Or, monsieur Perrichon est le carrossier le plus indépendant de la carrosserie française ! J'ai flairé cela tout de suite... Aussi ai-je suivi une marche tout à fait opposée à la vôtre.

ARMAND.

Laquelle ?

DANIEL.

Je me suis laissé glisser... exprès ! dans une petite crevasse... pas méchante.

ARMAND.

Exprès ?

DANIEL.

Vous ne comprenez pas? Donner à un carrossier l'occasion de sauver son semblable, sans danger pour lui, c'est un coup de maître ! Aussi, depuis ce jour, je suis sa joie, son triomphe, son fait d'armes ! Dès que je parais, sa figure s'épanouit, son estomac se gonfle, il lui pousse des plumes de paon ! dans sa redingote... Je le tiens ! comme la vanité tient l'homme... Quand il se refroidit, je le ranime, je le souffle... je l'imprime dans le journal... à trois francs la ligne !

ARMAND.

Ah bah ! c'est vous?

DANIEL.

Parbleu ! Demain je le fais peindre à l'huile... en tête-à-tête avec le mont Blanc ! J'ai demandé un tout petit mont Blanc et un immense Perrichon ! Enfin, mon ami, retenez bien ceci... et surtout gardez-moi le secret : les hommes ne s'attachent point à nous en raison des services que nous leur rendons, mais en raison de ceux qu'ils nous rendent !

ARMAND.

Les hommes... c'est possible... mais les femmes !

DANIEL.

Eh bien ! les femmes...

ARMAND.

Elles comprennent la reconnaissance, elles savent garder au fond du cœur le souvenir du bienfait..

DANIEL.

Dieu ! la jolie phrase !

ARMAND.

Heureusement, madame Perrichon, ne partage pas les sentiments de son mari.

DANIEL.

La maman est peut-être pour vous... mais j'ai pour moi l'orgueil du papa... du haut du Montanvert ma crevasse me protége !

SCÈNE IX

LES MÊMES, PERRICHON, MADAME PERRICHON, HENRIETTE.*

PERRICHON, entrant accompagné de sa femme et de sa fille, il est très-grave.

Messieurs, je suis heureux de vous trouver ensemble... vous m'avez fait tous deux l'honneur de me demander la main de ma fille... vous allez connaître ma décision...

ARMAND, à part.

Voici le moment.

PERRICHON, à Daniel souriant.

Monsieur Daniel... mon ami !

* Daniel, Armand; Perrichon, madame Perrichon, Henriette.

ARMAND, à part. *

Je suis perdu !

PERRICHON.

J'ai déjà fait beaucoup pour vous... je veux faire plus encore... Je veux vous donner.

DANIEL, remerciant.

Ah ! monsieur !

PERRICHON, froidement.

Un conseil... (Bas.) Parlez moins haut quand vous serez près d'une porte.

DANIEL, étonné.

Ah ! bah !

PERRICHON.

Oui... je vous remercie de la leçon. (Haut.) Monsieur Armand... vous avez moins vécu que votre ami... vous calculez moins, mais vous me plaisez davantage... je vous donne ma fille...

ARMAND.

Ah ! monsieur !...

PERRICHON.

Et remarquez que je ne cherche pas à m'acquitter envers vous... je désire rester votre obligé... (Regardant Daniel.) car il n'y a que les imbéciles qui ne savent pas supporter cette charge écrasante qu'on appelle la reconnaissance. (Il se dirige vers la droite, madame Perrichon fait passer sa fille du côté d'Armand, qui lui donne le bras.)

DANIEL, à part.

Attrappe ! **

ARMAND, à part.

Oh ! ce pauvre Daniel !

DANIEL.

Je suis battu ! (A Armand). Après comme avant, donnons-nous la main.

* Daniel, Perrichon, Armand, madame Perrichon, Henriette.
** Daniel, Armand, Henriette, madame Perrichon, Perrichon.

ARMAND.

Oh ! de grand cœur !

DANIEL, allant à Perrichon.

Ah ! monsieur Perrichon, vous écoutez aux portes !

PERRICHON.

Eh ! mon Dieu ! un père doit chercher à s'éclairer,... (Le prenant à part.) Voyons là... vraiment, est-ce que vous vous y êtes jeté exprès ?

DANIEL.

Où ça ?

PERRICHON.

Dans le trou ?

DANIEL.

Oui... mais je ne le dirai à personne.

PERRICHON.

Je vous en prie. (Poignées de main.)

SCÈNE X

LES MÊMES MAJORIN. [**]

MAJORIN.

Monsieur Perrichon, j'ai touché mon dividende à trois heures... et j'ai gardé la voiture de monsieur pour vous rapporter plus tôt vos six cents francs... les voici !

PERRICHON.

Mais cela ne pressait pas.

MAJORIN.

Pardon, cela pressait... considérablement : maintenant nous sommes quittes... complétement quittes !

PERRICHON, à part.

Quand je pense que j'ai été comme ça !...

[*] Armand, Henriette, madame Perrichon, Daniel, Perrichon.
[**] Armand, Henriette, madame Perrichon, Perrichon, Majorin, Daniel.

MAJORIN à Daniel.

Voici le numéro de votre voiture, il y a sept quarts. d'heure. (Il lui donne une carte.)

PERRICHON.

Monsieur Armand, nous resterons chez nous demain soir... et si vous voulez nous faire plaisir, vous viendrez prendre une tasse de thé...

ARMAND, courant à Perrichon, bas.

Demain ! vous n'y pensez pas...: et votre promesse au commandant ! (Il retourne près d'Henriette).

PERRICHON.

Ah ! c'est juste ! (Haut.) Ma femme... ma fille... nous repartons demain matin pour la mer de Glace.

HENRIETTE, étonnée.

Hein ?

MADAME PERRICHON.

Ah ! par exemple ! nous en arrivons ! pourquoi y retourner ?

PERRICHON.

Pourquoi ? peux-tu le demander ? tu ne devines pas que je veux revoir l'endroit où Armand m'a sauvé.

MADAME PERRICHON.

Cependant...

PERRICHON.

Assez ! ce voyage m'est commandant (se reprenant) commandé par la reconnaissance !

FIN.

Paris. — Imp. de la Librairie Neuvelle, A. Bourdilliat, 15, rue Breda.

NOUVELLE BIBLIOTHÈQUE THÉATRALE

Choix de Pièces nouvelles, format in-12

GEORGE SAND

Maitre Favilla, drame, 3 actes. 1 50
Lucie, comédie en un acte. . . . . 1 »
Comme il vous plaira, comédie en
  trois actes. 1 50
Françoise, comédie en quatre actes 2 »

MADAME ÉMILE DE GIRARDIN

L'Ecole des Journalistes, 5 actes. 1 »
Judith, tragédie en trois actes. . . 1 »

ÉMILE DE GIRARDIN

La Fille du Millionnaire, 5 actes 2 »

L. LURINE ET R. DESLANDES

L'Amant aux Bouquets, com. 1 acte » 50
Les Femmes peintes par elles-
  mêmes, comédie en un acte. . . » 50
Le Camp des Révoltées, un acte. » 50

MADAME ROGER DE BEAUVOIR

Le Coin du Feu, comédie en un acte. » 50

A. MONNIER ET ED. MARTIN

Madame d'Ormessan, s'il vous plait?
  com. en un acte mêlée de couplets » 50
Le Monsieur en question, comédie
  en un acte, mêlée de couplets . . » 50

JULES LECOMTE

Le Luxe, comédie, 3 actes . . . . 2 »
Le Collier, comédie en un acte . . » 50

CLAIRVILLE, LUBIZE ET SIRAUDIN

La Bourse au village, un acte. . . » 50

H. MONNIER ET J. RENOULT

Peintres et Bourgeois, comédie en
  trois actes et en vers 1 50

ADRIEN DECOURCELLE

Les Amours forcés, en trois actes. 1 »

MÉRY

Maitre Wolfram, opéra-comique en
  un acte, musique de M. Reyer » 50

LÉON GUILLARD

Le Mariage a l'arquebuse, comédie
  en un acte. . . . . 1 »

LÉON GUILLARD ET ACHILLE BÉZIER

La Statuette d'un grand homme,
  comédie en un acte. . . . . . . 1 »

L. BEAUVALLET ET A. DE JALLAIS

Le Guetteur de nuit, opérette-
  bouffe en un acte. . . . . » 50

MICHEL DELAPORTE

Toinette et son Carabinier . . . » 50

L. GUILLARD ET A. DESVIGNES

Le Médecin de l'ame, dr. 5 actes. 1 »

ANGE DE KERANIOU

Noblesse oblige, com. en 5 actes. 2 »

SIRAUDIN, St-YVES ET V. BERNA

Un bal sur la tête, vaud. un acte. »

LAMBERT THIBOUST ET A. SCHOI

Rosalinde, ou Ne jouez pas avec l'amo
  comédie en un acte. 1

A. DECOURCELLE, H. DE LACRETE

Fais ce que dois, drame, 3 actes. 1

HECTOR CRÉMIEUX

Le Financier et le Savetier,
  opérette-bouffe en un acte. . . . »
Orphée aux enfers, opéra-bouffon
  en 4 actes et 8 tableaux. . . . . . . »

DECOURCELLE ET L. THIBOUST

Un tyran domestique, vaud. un acte »

LAURENCIN ET LUBIZE

Obliger est si doux!... comédie mêlée de couplets en un acte. . . . »

ARNOULD FREMY

La Réclame, comédie en cinq actes. 1

LUBIZE ET HERMANT

Le Secret de ma Femme, vaud. 1 acte »

LABICHE ET DELACOUR

En avant les Chinois, revue de 1858 1

LABICHE ET LEFRANC

L'avocat d'un Grec, com. un acte 5

CHOLER, LAPOINTE ET COLLIOT

Les deux Maniaques, com.-vaud . . »

H. CHIVOT ET A. DURU

Bloqué!... vaudeville en un acte... »
Les splendeurs de Fil d'Acier,
  pièce en 5 actes et un prologue. . 1

E. LABICHE ET ED. MARTIN

L'Amour, un fort volume, prix: 3,50,
  parodie mêlée de couplets en un acte 1

RAYMOND DESLANDES ET E. MORE

Un truc de mari, vaud. un acte. »

MARC MICHEL ET SIRAUDIN

Les suites d'un bal manqué, folie-
  vaudeville en un acte. . . . . »

AMÉDÉE ACHARD

Le Jeu de Sylvia, com un acte.. »

AUGUSTE VACQUERIE

Souvent Homme varie, com. 2 act. 1

MARIO UCHARD

La seconde Jeunesse, com. 4 actes 2

SIRAUDIN ET AD. CHOLER

Amoureux de la Bourgeoise, vaud.
  en un acte. . . . . »

A. BOURDOIS ET A. LAPOINTE

Les Dames de Cœur-Volant, opéra-
  bouffe en un acte. . . . . »

RENÉ DE ROVIGO

Un Soufflet anonyme, com. 1 acte. »

LE COMTE SOLLOHUB

Une preuve d'Amitié, com. 3 actes. 1

Paris. — IMP. DE LA LIBRAIRIE NOUVELLE. — A. Bourdilliat, 15, rue Breda.

www.ingramcontent.com/pod-product-compliance
Ingram Content Group UK Ltd.
Pitfield, Milton Keynes, MK11 3LW, UK
UKHW020927140726
13695UKWH00003B/1020